〔그림 1〕

도메니코 페테를리니, 〈망명자 단테〉(1850)

망명자 단테가 《신곡》을 손에 쥔 채 생각에 잠겨 있다.
오랫동안 세상을 디뎠을 발바닥이,
꺾일 듯 꺾이지 않는 턱과 시선을 받쳐준다.

〔그림 2〕
프란시스코 고야, 〈이성의 잠은 괴물을 낳는다〉(1797~1799)

괴물들이 어둠 속에서 잠든 사람에게 날아든다.
이성이 잠들면 광기가 지배한다.

〔그림 3〕

단테 가브리엘 로세티, 〈단테의 사랑〉(1860)

영국의 라파엘전파 화가이자 시인이었던 로세티는
단테의 《새로운 삶》을 영어로 번역하고
단테의 사랑에 관련된 여러 그림을 남겼다.
이 그림에서 단테는 천사가 되어 예수 그리스도와
베아트리체를 사랑으로 연결하고 있다.

〔그림 4〕

미켈란젤로 부오나로티, 〈비토리아 콜론나 피에타〉(1538~1544)

십자가에서 내려진 죽은 예수의 성체가 성모 마리아의 무릎에서 떨어지지 않도록
아기 천사들이 양팔을 부축한다. 성모 마리아는 죽은 아들에게서 눈을 떼어
하늘을 올려다본다. 그 시선을 따라 오르면 십자가 기둥에 세로로 쓰인 단테의
문구가 보인다. "얼마나 피를 흘리는지 그대들은 생각하지 않아요."

(〈천국〉29곡 91행)

〔그림 5〕

외젠 들라크루아, 〈단테의 배〉(1822)

단테와 베르길리우스가 플레기아스의 배를 타고 분노의 죄인들이 잠겨 있는
스틱스 수렁을 건너고 있다. 그들은 배를 뒤집으려는 필리포 아르젠티에게
정당한 복수를 가하면서 정의가 실현되는 기쁨을 맛본다.
휘날리는 옷자락, 일렁이는 물결, 멀리서 타오르는 지옥의 불길.
생생하고 극적인 장면이 펼쳐진다.

〔그림 6〕

윌리엄 블레이크, 〈천국 25곡〉(1824)

성 베드로가 지옥에 떨어진 교황 보니파시오 8세의 부패, 분열,
음모를 비난하며 얼굴을 붉힌다. 그의 붉은 분노가
주위에 있던 다른 영혼들, 천국의 하얀 빛을 붉게 물들인다.

〔그림 7〕
요하네스 스트라다누스, 〈켄타우루스〉(1857)

반인반마의 켄타우루스들이
폭력의 죄인들이 뜨거운 핏물에서 빠져나오지
못하도록 활을 쏘며 지키고 있다.

〔그림 8〕
조토 디 본도네, 〈최후의 심판〉(부분, 1305)

조토는 파도바에서 고리 대금으로 성공한
스크로베니 가문 예배당에 그림 제작을 요청받았다.
돈주머니를 목에 걸고 지옥의 불길에 떨어지는
자들이 눈에 띈다. 단테처럼 조토는 당시 유력 가문들의
고리 대금업을 못마땅하게 여겼다.

〔그림 9〕
존 플랙스맨, 〈단테, 빛나는 별을 바라보라〉(1793)

단테가 지옥을 벗어나 처음으로 별빛을 마주하는 장면으로,
어둠에서 빛으로 나아가는 영혼의 구원을 상징한다.
별은 우주의 신적 질서 속에서 완전한 원을 그리며
회전하고 있으며, 단테는 그 질서 안에서 인간이 다시
제자리를 찾는 순간을 바라본다.

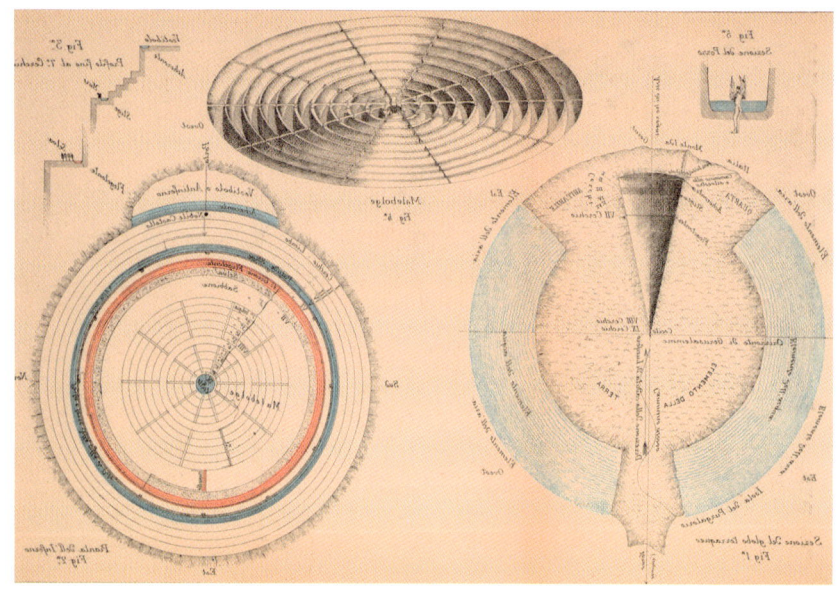

〔그림 10〕
빈첸초 루소, 《신곡》의 구조도〉(1850)

단테의 지옥, 연옥, 천국을 천문학적 비례에 따라 배열한
정교한 구조도다. 원과 축선, 천체의 궤도는 단테의 언어가 구현한
우주적 질서의 도식적 형상화로서, 인간 구원의 여정을
우주의 축선 위에서 시각화한다. 루소의 그림은 《신곡》을
읽는 책이 아니라 보는 건축물로 바꿔놓는다.

〔그림 11〕

피렌체의 금화 피오리노

피렌체의 상징 꽃 백합과
수호 성인 세례 요한이 새겨져 있다.

〔그림 12〕

안토니오 치세리, 〈이 사람을 보라〉(1871)

본티오 빌라도는 예수를 처벌해달라는 군중에게 예수를 가리키며 말한다.
"이 사람을 보라." 빌라도는 예수에게 죄가 없다고 생각했지만,
자기 일이 아니라 생각하며 가시관을 쓰고 옷이 벗겨진 그를 분노하는
군중에게 넘긴다. 단테는 신의 심판보다 인간의 무책임을 더 두려워했고,
치세리는 신의 고난보다 인간의 침묵을 더 무섭게 그렸다.

〔그림 13〕
구스타프 클림트, 〈죽음과 삶〉(1852)

죽음은 삶을 살아가는 동안에만
의미가 있다. 죽음을 삶으로 만드는 것은
인간의 타고난 운명이다.

〔그림 14〕
단테 가브리엘 로세티, 〈석류를 쥔 단테〉(1852)

로세티는 단테가 석류를 쥐고 생각에 잠긴 모습을 포착한다.
석류는 속을 가득 채운 빨간 씨앗들만큼 많은 고뇌를 보여준다.
단테의 생각은 가장 낮은 곳부터 가장 높은 곳까지 걸치며
한없이 뻗어나간다.

〔그림 15〕

산드로 보티첼리, 〈추방자〉(1496)

굳게 닫힌 문, 완강하게 버티고 있는 돌벽.
한 추방자가 문 앞에 주저앉아 울고 있다. 단테는 스스로를
세상에서 추방시켰다. 추방자는 경계 밖에서
경계 안을 바라봄으로써 경계를 허문다.

〔그림 16〕
조지 프레더릭 와츠, 〈희망〉(1886)

눈을 가린 여인이 현 하나만 남은 하프를 부여잡고
끊어져 사라진 가닥들에 귀를 기울이며 연주하려 한다.
인간은 칠흑 같은 어둠 속에서 가느다란 빛으로 나아가는 존재다.
"희망이 한 가닥 초록을 유지하는 한,
영원한 사랑은 길을 잃지 않고 돌아오리라."

〈〈연옥〉 3곡 133~135행〉

단테 《신곡》 인문학

무엇이 우리를 인간으로 살아가게 하는가

단테《신곡》인문학

1판 1쇄 발행	2026년 2월 10일
1판 2쇄 발행	2026년 3월 10일

지은이	박상진
펴낸곳	(주)문예출판사
펴낸이	전준배

편집	전하연 백수미 박해민
디자인	서혜진
영업 · 마케팅	하지승
경영관리	강단아 김영순

출판등록	2004. 02. 11. 제 2013-000357호
	(1966. 12. 2. 제 1 -134호)
주소	04001 서울시 마포구 월드컵북로 21
전화	02-393-5681
팩스	02-393-5685
홈페이지	www.moonye.com
블로그	blog.naver.com/imoonye
페이스북	www.facebook.com/moonyepublishing
이메일	info@moonye.com

* 잘못 만든 책은 구입하신 서점에서 바꿔드립니다.

ㅿ문예출판사® 상표등록 제 40-0833187호, 제 41-0200044호

단테《신곡》인문학

무엇이 우리를 인간으로 살아가게 하는가

박상진 지음

아카넷

그런데 보라, 웬 연기가 우리를 향해
차츰차츰 어두운 밤처럼 다가왔는데,
피해 갈 곳이 어디에도 없었으니,
이것이 우리 눈과 맑은 공기를 앗아갔다.
(〈연옥〉 15곡 142~145행)

너의 길을 따르라. 사람들은 말하게 두라.
탑처럼 굳건하여, 바람이 불어쳐도
끝자락조차 일체 흔들리지 말라.
(〈연옥〉 5곡 13~15행; 《자본론》 초판 서문(1867))

일러두기

_ 저자가 단테의 원문(《신곡》, 《새로운 삶》, 〈서간문〉, 《제정론》, 《향연》)을 모두 번역했다.

_ 홑따옴표는 저자가 내용을 강조하기 위해 붙였다.

_ 단행본과 간행물의 제목은《》로, 그 외 예술 작품의 제목은〈〉로 묶었다.

_ 그리스도교 관련 용어는《공동 번역 성서》의 표기를 따랐다.
   단, 교황의 이름은 천주교의 성인聖人 표기를 따랐다.

_ 저자가 그림을 고르고 설명을 곁들였다. 본문의 그림 제목은 저자가 붙였으며,
   부록의 그림 제목에는 그림의 원제를 적었다.

_ 본문의 그림은 이탈리아의 화가 알베르토 마르티니(1876~1954)가 단테 및
   《신곡》과 관련하여 그린 삽화들이다. 마르티니의 작품 외에 이 책을 이해하기에
   도움이 될 그림은 별도로 부록에 실었다.

프롤로그

단테가 밝히는
시대의 등불을 따라서

　우리는 '거대한 후퇴'의 시대를 살고 있다. 미지의 것에
동경이 아니라 거부감을 품고, 타인에게 문을 여는 대신 벽을
쌓으며, 서로 만나기도 전에 불신과 경쟁의 마음부터 다지고,
외면이 두려워 정체와 소속을 서둘러 또는 에둘러 밝힌다.
양극화와 확증 편향에 휘둘려 공공선과 공동체 와해에
둔감해진다. 자신에게든 남에게든 대화와 연대를 조롱하고
혐오와 분노를 퍼붓는다. 굴욕과 무기력이 만성 질환처럼 무겁게
짓누른다. 진실은 어디에도 없거나 어디에나 넘쳐난다.
　어둡고 혼란한 탈진실의 시대를 살아가는 우리에게 오래전
세상을 떠난 이탈리아의 대문호 단테 알리기에리(1265~1321)가

해줄 법한 충고는 이미《신곡》을 비롯한 여러 책에 쓰여 있다.
단테의 언어는 시대와 사회를 넘어 새롭게 살아난다.
시적이면서 철학적이고, 정치적이면서 논리적이고 또한
영적이다. 선명한 해답을 주기보다는 독자 스스로 깊고 넓게
생각하고 느끼도록 이끈다. 단테는 정의와 연민, 양심과
관용을 말하며, 소외된 이들에게 위로와 희망을 건네고,
실천하며 한 걸음씩 나아가는 삶, 인간답게 살아가는 길을
지치지 않고 독려한다. 비록 그 끝에 빛이 보이지 않아도,
꺾이지 않고 견디는 것. 그것이 삶의 존재로서 인간이
감당해야 할 과제라고 말한다. 반지성이 이념의 가면을 쓰고
광기의 춤을 추는 이 시대에서 우리가 단테의 언어를 곱씹고
새겨야 하는 이유다.

　　이 책을 읽는 독자가 단테의《신곡》을 천천히 읽고
싶어진다면 그것으로 충분하다. 손에 든 등불을 등 뒤로 돌려
다른 이들의 길을 밝혀주면서 앞에 놓인 어둠을 두려움 없이
바라보는 단테를 만나길 바란다. 그의 빛을 따라 걷고
그의 어둠과 함께 나아가면서, 한 걸음씩 여러분의 길을
만들어가면 좋겠다.《신곡》이라는 고전을 우리 시대의
맥락에서 새롭게 읽으면서 오롯한 영감과 사색의 시간에 잠길
수 있기를 바란다.

　　나는 이 책에서《신곡》과 다른 글에서 단테가 흥미롭게
다룬 열여섯 가지 주제를 추려 우리 시대의 맥락에서 살펴보려

했다. 그 주제들은 단테의 주된 관심을 보여줄 뿐 아니라, 오늘날 우리에게 중요한 물음을 던진다. 원문을 인용하고 해설하면서 오래된 지혜가 지금 우리에게 어떤 혜안을 주는지 찬찬히 들여다보려 했다. 그러나 시대를 통찰할 능력도 부족하고 단테의 깊고 넓은 세계를 온전히 파악하지도 못한 처지라, 조심스럽기만 했다. 대신, 모자란 부분은 주변을 눈 밝혀 관찰하고 단테의 글을 차근차근 해석하는 노력으로 채워 나가려 했다.

700여 년 전 이탈리아에서 단테가 깊은 우려의 시선으로 바라보았던 문제들이 요즘 몇 년 사이 한국 사회는 물론, 세계 곳곳에서 그대로 되풀이되고 있다. 마치 잘 짜인 대본대로 움직이는 연극처럼, 단테의 상상은 생생한 현실이 되어 무대를 채우고 있다. 우리는 오랜 시간 쌓여온 문제들을 한꺼번에 직면하고 있는 것일까. 아니면 인간의 본질적인 문제는 언제 어디서든 일어난다는 얘기일까. 천 년에 걸친 비극이 단 하루 만에 되살아날 수도 있다는 뜻일까. 단테는 인간의 본질을 믿을 수 없을 만큼 정확히 꿰뚫어 본 사람일까.

지금 우리는 지옥도, 천국도 스스로 만들어가고 있다. 그 끝이 멀지 않은 것 같다. 하지만 직면한 문제들을 한꺼번에 해결할 수는 없다. 단테 이전에도, 단테 시대에도, 그리고 앞으로도 우리는 '인간의 문제'를 정면으로 마주해야 한다. 인간답게 살기 위해 치러야 할 과정이며, 해결이 보장되지

않더라도 견뎌내야 할 과제다. 그것이 불완전한 존재로서
인간이 고결한 품성을 유지하는 길이다. 그 길을 한 걸음씩
걸어야 한다. 단테가 우리에게 전하는 유일한 진실이다.

모두를 위한 책,《신곡》

단테의《신곡》은 읽는 책이 아니라 사는 책이라고들 한다.
워낙 명성이 자자하니 의무감과 호기심에 사보기는 하는데,
끝내 읽지는 못하고 꽂아두기 일쑤다. 그래서《신곡》을
완독했다는 사람을 만나면 반가워 손이라도 잡고 싶어진다.
많은 이들이 도전 과제로 여기는 이 책은 왜 그렇게 읽기
어려울까. 그러면서도 계속 관심을 끄는 이유는 무엇일까.

누구보다 단테는 많은 사람이 읽기를 바라는 마음으로
《신곡》을 썼다. 흥미진진하고 술술 읽히는 대중 소설처럼
말이다. 사랑하던 사람은 일찍 세상을 떠났고, 좌절 끝에
시작한 정치에서도 한때는 성공했지만 결국 몰락하고 말았다.
피렌체에서 추방된 단테는 남은 생을 망명객으로 떠돌며
보냈다. 죽을 때까지 귀향의 날을 보지 못했다. 대신 추적의
눈을 피해 이탈리아 곳곳을 전전하며 틈나는 대로 책상 앞에
앉아 잉크를 펜촉에 적시고 상상의 날개를 펼쳤다. 외롭고
정처 없는 나그네 방랑길에서 무거운 원고 뭉치를 지니고

다니기도 힘들었을 텐데, 오랜 세월《신곡》을 썼고 죽기
바로 전에 완성했다.《신곡》에는 어떻게 하면 사랑을 되찾고
어떻게 하면 세상을 잘 돌볼까 고심한 내용이 담겨 있다.
그렇게 단테가 길 위에서 쓴《신곡》을 이제 여러분이 우리의
길로 만들며 읽는다.

《신곡》은 단테가 어느 어두운 숲에서 길을 잃고 우두커니
서 있는 장면으로 시작한다. 밤새 숲을 헤매다 언덕 등성이를
휘감은 별빛이 눈에 들어온다. 그리고 그 별빛이 모든 사람을
올바른 길로 이끌고 있음을 알게 된다. 이제 그 별을 향해
나아가기만 하면 모든 고난이 사라진다. 그러나 쉽게 풀리지
않는 것이 우리 인생이다. 별을 향해 발을 옮기던 단테 앞에
갑자기 짐승 세 마리가 몰려와 길을 가로막는다. 사자, 표범,
암늑대는 차례로 오만, 음욕, 탐욕의 상징이다. 이 짐승들을
피할 수만 있다면 별에 도달할 수 있건만, 단테는 그놈들
위세에 다시 어두운 숲으로 밀려난다. 인산은 미혹에 빠져
죄를 짓고 불행해지기 쉬운 나약한 존재다.

바로 그때 로마의 시인 베르길리우스가 나타난다. 그는 저
언덕 위는 천국인데, 그리로 가려면 지옥과 연옥을 먼저
거쳐야 한다고 말한다. 살아 있는 몸으로 죽은 자들의 세상을
여행하라는 말에 몸은 움츠러들어도, 평소 존경하던 선배
작가만 믿고 뒤를 따라나선다. 그렇게 둘은 지하 세계로
들어가 지구의 중심을 지나 반대편에 거대하게 솟은 연옥의

산에 오른 후, 사랑했으나 먼저 떠난 연인 베아트리체와 함께 천국의 하늘로 날아오른다. 어둠에서 빛으로 향하는 벅차오르는 여정!

단테는 지옥의 초입에서 구더기에 시달리는 비겁한 망령들을 만나고, 지옥의 밑바닥에 내려가서는 얼음에 갇혀 꼼짝도 못 하는 무지하고 둔감한 망령들을 목격한다. 영원한 고통의 지옥을 돌아보며 눈물을 흘리고, 때로는 분노하고, 슬퍼하고, 심지어 정신을 놓기도 한다. 지옥을 빠져나와 도착한 연옥의 해안에서 지칠 대로 지친 몸과 마음을 추스르던 그의 앞에 한 무리의 영혼이 천사의 배를 타고 노래를 부르며 도착한다. 이들은 죄를 씻는 고통을 천국을 향한 희망으로 견디면서, 언젠가는 다가올 구원의 그날을 기다리며 하루하루를 보낸다. 이처럼 연옥은 고통을 희망으로 바꾸는 공간이다. 그에 비해 천국은 온통 빛으로 이루어진 신세계다. 단테는 눈이 부셔 어쩔 줄 모르지만, 위로 오를수록 내면의 시력은 더 강해진다. 천국 정상에서 영원의 빛과 하나가 되는 구원의 궁극에 도달하는 순간, 문득 처음부터 자기를 이끌고 있던 것이 바로 사랑이었음을 깨닫는다. 그리고 그 깨달음을 사람들과 나누기 위해 현세로 돌아와《신곡》을 쓴다.

《신곡》을 읽는 어려움과 즐거움

단테는 당시까지 인간이 쌓아 올린 모든 지식과 상상을
유려한 미적 언어로 농축하고 시대의 요구에 충실히 응답하는
방식으로《신곡》을 썼다.《신곡》읽기의 어려움은 밀도 높은
언어와 방대한 배경지식 때문이지만, 무엇보다 우리 안에서
자신과 주변을 끈기 있게 성찰하려는 성실함이 사라진 데
큰 이유가 있다.《신곡》은 독자에게 자기가 속한 시대의
맥락을 진지하고 섬세하게 돌아보라고 요청한다. 언어의
함의와 사회적, 역사적 맥락은 충실한 주석을 통해 도움을
받을 수 있지만,《신곡》이 던지는 물음을 곱씹고 그에
응답하는 일은 오롯이 독자 각자의 몫이다.

지옥에서 시작해 연옥을 거쳐 천국의 꼭대기에
도착해서도 사실상 단테의 순례는 끝나지 않았다. 단테는 다시
이 땅으로 돌아와《신곡》집필로 순례를 이어갔다. 산 자들의
세계를 응시하며 죽은 자들의 세계에서 본 것들을 되살려 써
내려갔다.《신곡》은 지옥과 연옥, 천국을 아우르는 장대한
순례의 기억이자, 그 기억을 삶으로 바꾼 실천의 문학이다.
단테의 내세는 기억의 공간이고,《신곡》은 기억의 기록이다.

순례자 단테는 천국의 가장 깊숙한 곳, 가장 밝은 빛
속에서 우주에 흩어진 모든 것들이 한 권의 책 속에 사랑으로
묶인 것을 바라본다(〈천국〉33곡 85~87행). 햇살에 희미해진 눈

위에 찍힌 표시와 달리, 바람에 날리는 잎사귀에 새겨진 시빌라의 점괘와 달리, 단테는 순례길에서 보았던 모든 것을 책에 담아낸다(《천국》 33곡 64~66행). 이제 그 책은 순례자의 눈앞이 아니라 작가가 말년을 보내며 《신곡》을 완성하던 라벤나의 어느 책상 위에 놓여 있다. 그리고 내세 순례의 상상은 곧 추방자로 살아온 그의 실제 삶이었고, 《신곡》은 곧 자신의 자서전이었음을 깨닫는다.

살면서 단테는 셀 수 없이 다양한 인물과 사연을 만났다. 사랑과 증오, 정의와 부패, 겸손과 오만, 관용과 질투, 평정과 분노, 절제와 탐욕, 섭리와 의지에 이르기까지 인간이 살아가며 겪는 다채로운 국면을 접했고, 이들을 철학과 신학, 문학과 정치, 관습과 도덕, 법과 제도 등 인간 문명을 떠받치는 다양한 장치를 통해 검토했다. 단테는 그 모든 삶의 국면들을 《신곡》의 살로 만들고 그 모든 문명의 장치를 《신곡》의 뼈로 만들었다. 모두가 인간이 구원을 위해 기울여온 부단한 노력의 흔적들이다. 단테는 그들을 참조하여 더 나은 길을 모색하는 언어를 펼치고, 그 언어를 마주하는 독자 역시 자신의 길을 찾아나서기를 바란다. 그런 점에서 《신곡》의 언어는 공감을 이끌어내는 동시에 새로운 질문을 던져 사유로 이끄는 영매다.

글쓰기는 추방자 단테가 할 수 있었던 가장 단단한 실천이었다. 《신곡》을 비롯해 그가 남긴 대부분의 글은 망명지에서 쓰였다. 그의 글은 그가 속했던 피렌체의 경계를

홀쩍 넘어섰고, 한때 몸담았던 정치와 사법의 차원을 훨씬
뛰어넘는 힘을 발휘했다. 그것이 수많은 이들에게 큰 감동을
주었고, 또 수많은 이들을 생각에 깊이 잠기게 했다. 그 수많은
이들은 단테와 동시대를 살았던 사람들뿐만 아니라, 그 뒤로
수백 년을 살아온 사람들, 그리고 이탈리아를 넘어 지구
반대편에 있는 오늘날의 우리까지 포함한다.

단테가 시간과 공간을 초월해 많은 이들에게 특별하게
다가오는 이유는 인간을 향한 연민 때문이다. 그의 나그네
발길을 채운 것은 엄정한 판단보다는 따뜻한 연민 또는 깊은
슬픔이었다. 그는 단죄가 아니라 공감에 기반하여 이질적인
타자들, 소외되고 버림받은 사람들을 껴안는 포용의 공동체를
꿈꾸었다. 그는 타자를 껴안는 감수성이 유난히 풍부한
작가였다. 타자의 감수성은 타성에 젖은 제도와 관습의 틀로는
결코 담아낼 수 없는, 다양하고 섬세한 삶의 결을 끝까지
들여다보고 어루만지려는 노력으로 더욱 깊이지고 자라난다.

혼란의 시대에서 방황하는 이들에게
단테가 주는 위로

《신곡》은 추방자 단테가 20년 가까운 세월 동안 이 집
저 집, 낯선 침대에서 꾼 꿈의 이야기다. 시작은 비참해도 끝은

행복하게 맺고 싶은 간절한 바람이 들어 있다. 그래서 그는
제목에 '코메디아comedia'라는 말을 붙였다(《신곡》의 원제는
'단테 알리기에리의 코메디아Comedìa di Dante Alighieri'다).
'코메디아'라고 하면 금방 '희극'을 떠올리겠지만, 단테는
여기에 자신만의 의미를 담았다. 힘겨운 망명 시절, 자기를
보호하고 후원해준 베로나의 영주 칸그란데 델라 스칼라에게
보낸 편지에서, 단테는 '코메디아'가 무섭고 추악한 지옥으로
시작해 순조롭고 즐거우며 유쾌한 천국으로 끝나는 내용을
가리킨다고 설명한다(〈서간문〉 13번 서신 10절). 이 설명은
《신곡》을 정의하는 "하늘과 땅이 서로 손을 잡았던 거룩한
시"(〈천국〉 25곡 1~3행)라는 구절로 요약된다. 어둠 속에서
손을 내밀면 눈부신 빛이 어루만져 주리라는 낙관적인
구원관이 깃들어 있다.

　　단테는 하늘과 땅이 손을 맞잡는 관계의 성취가 그의
시대에서 가장 절실한 과제라고 생각했다. 인간 중심으로
달려온 근대 문명의 황혼 녘에서 서성거리는 우리가 《신곡》에
끌린다면, 그것은 단테가 오래전 제출했던 그 과제가
오늘날에도 여전히 절실하게 다가오기 때문일 것이다.
그렇다면, 단테는 분명 우리를 위해 《신곡》을 썼다고 말할 수
있다. 읽기 어렵다고 느껴지는가? 《신곡》이 시대의 요청에
대한 단테의 응답이었다면, 지금 《신곡》을 읽으며 마음을 열고
생각에 잠기는 일은 이 시대의 요청에 대한 우리의 응답일

것이다. 이는《신곡》에 도전하는 일이자, 우리 시대에서
맞닥뜨린 응전, 고통을 희망으로 바꿔나가는 일이다. 그게
쉽다면, 굳이 구원을 바랄 까닭도 없지 않겠는가.

　　최근 몇 년 사이, 단테를 향한 관심이 부쩍 늘어난 듯하다.
강연, 방송, 신문 기사, 소셜 미디어 곳곳에서 단테를 알고 싶어
하는 사람들, 단테를 읽은 수고를 자랑하는 사람들, 단테를
함께 읽자고 제안하는 사람들을 어렵지 않게 만날 수 있다.
7세기 전, 지구 반대편에서 울려 퍼진 목소리에 지금 우리가
애타게 귀를 기울이는 이유는 무엇일까. 급변하는 자연환경과
혼란한 사회 현실 속에서 삶의 방향을 잃고 느끼는 불안,
진실과 정의가 이미 사라져버렸다는 두려움, 한 번뿐인 인생이
비루하게 끝날 수 있다는 절박함, 그래도 서로의 슬픔을 나누고
위로하며 함께 짊어지고 더불어 살아가려는 마음, 천국의
공동체를 미래의 공허한 약속이 아니라 지금 여기서 실현
가능한 행복으로 만들고자 하는 열망, 그래서 인간답게 제대로
살아가고 있다는 확신과 자부심……. 우리 시대에서《신곡》을
다시 펼쳐 드는 이유들이다.

　　공허한 삶을 채우고 혼란한 삶을 바로잡고 싶은 마음은
어느 시대 어떤 상황에서도 인간이라면 자연스레 품게 되는
바람이다. 무엇이 옳고 좋으며, 어떻게 살아야 행복한지를
스스로 묻고 고민해야 한다. 외로움을 함께 느끼고 나누며 삶을
채워갈 동반자가 필요하다. 단테의 글을 읽다 보면, 황혼 녘

여장을 꾸려 길을 떠나는 단테(〈지옥〉 2곡 1~6행)를 반 발짝 뒤에서 따라가고 싶은 마음이 든다. 그와 함께 주변을 둘러보며 이야기를 나누고, 때로 눈을 마주치며 웃음을 주고받는 그 길은 곧 삶의 순례이자 삶을 위한 순례다. 단테를 만나 우리는 각자 살아낸 경험과 감정과 생각을 나누며 같은 시대를 살아가는 동반자가 된다. 단테의 길은 위로를 주고받으며 함께 걷는 길이다. 아무 위로도 받아보지 못한, 아무 위로도 주지 못한 길이 우리 곁에 얼마나 많은가.

우리의 발길은 허둥지둥 갈지자를 그리더라도 어딘가를 향한다. 발길은 어디든 향한다는 바로 그 점에서 의미가 있다. 판단이 언제나 옳을 수는 없지만, 그 결과로 비판을 받는 것보다 더 무서운 건 아무 선택도 하지 않은 채 멈춰 서 있는 것이다. 잘못된 선택은 고칠 수 있으나, 잘못된 중립은 고쳐지지 않는다. 우리 시대는 실천과 행동을 얼마나 애타게 부르는가. 그 어느 때보다 깊이 생각하고 담대히 움직이기를 바라고 있다. 그것이 단테가《신곡》에 쓴 인간다운 삶이었다.

거대한 전환의 시대,
후퇴 대신 성숙으로 거듭나기 위하여

단테는 쉰여섯이 되던 1321년 8월, 라벤나의 외교 사절로 베네치아에 다녀오다가 말라리아에 걸렸다. 죽음을 피할 수 없는 상태에서 이미《신곡》을 마무리해둔 것은 무척 다행이었으리라. 자신의 일생을 담아낸《신곡》을 삶의 기운이 사라져가는 눈으로 바라보며 무슨 생각을 했을까. 독자들이 자기 책을 읽으며 자기가 걸었던 길을 함께 걷는 모습을 그려보았을 것이다. 그리고 그들과 함께 다시 순례길을 떠나는 자기 자신을 떠올렸을 것이다. 우리 시대에서 단테를 읽는다는 것은 무엇인가. 단테와 나란히 길을 만들어가는 우리의 모습을 상상해본다.

　나는 앞으로 그 장대한 서사시의 흐름에서 생각거리를 길어 올리고 이리저리 음미해보려 한다. 오래전에 세상을 떠난 한 사람이 삶을 겪고 견뎌낸 이야기지만, 우리 시대에 환기하는 힘은 여전히 강렬하다. 단테의 시대처럼, 지금 이 시대 역시 과거를 성찰하고 미래를 다시 그려야 하는 과도기이기 때문이다. 단테가 살았던 중세의 가을은 근대의 봄을 이미 잉태하고 있었다. 단테는 가을의 열매와 씨앗이 봄의 새싹으로 움트는 성숙의 순환을 섬세하게 관찰하고 표현하며 이끌었다.

　우리는 인간의 존엄성과 존재 자체가 위협받는 시대를 살고 있다. 위기는 전면적이고 급진적이다. 생태계 파괴, 경제적 불평등, 정치적 억압, 문화적 소외는 갈수록 심해지고 있다. 지금껏 외면해온 위기를 더는 모른 척할 수 없게 만든

것은 코로나19 바이러스였다. 그것은 우리가 이미 대전환의
시대를 살아가고 있었음을 온몸으로 깨닫게 해주었다. 더 이상
피할 수도, 돌아갈 곳도 없다. 우리는 이제 '거대한 후퇴'에
직면해야 한다. 전면적이고 급진적인 위기가 분열과 공멸로
치닫지 않도록 인간과 기술, 인간과 자연의 공생을 도모하고,
인간과 삶, 인간과 인간 사이의 끊어진 연대를 회복해야 한다.
이러한 정언 명령의 철저한 인식 위에서만 위기는 기회로
바뀐다. 양극화의 현실에서 그 기회마저 공평하지 않은 상황도
또 하나의 당면 과제다.

　　이러한 시대와 과제 앞에서 고전 작가 단테를 읽는다는
것은 어떤 의미인가. 다시 자문해본다. 단테의 문학 세계에 담긴
섬세한 감성과 냉철한 사유, 단테가 남긴 꺾이지 않는 삶의
궤적, 겨울을 견디고 봄의 새싹을 틔워내려는 의지는 또 한 번의
성숙한 사회를 이뤄내야 하는 우리에게 믿음직한 참조가
되리라 생각한다.

　　이 책은 2021년부터 2022년까지 《경향신문》에 연재한 칼럼
〈우리 시대 단테 읽기〉에서 나왔다. 문장을 수정하고 내용을
대폭 보충했다. 처음 연재를 진행하던 시간에도, 원고를 다시
다듬는 동안에도 우리 시대는 계속 변화하고 있었고, 단테의
언어와 우리 시대를 오가는 나의 발길도 이어지고 있었다.
단테의 언어는 늘 똑같았지만, 시대에 따라, 시대를 읽는 나의

시선에 따라, 늘 다르게 나타났다. 같으면서도 다른, 다르지만 같은 언어가 우리에게 절실한 절대 진실을 유연하게 보여준다는 느낌이 들었다. 그 메울 수 없도록 깊은 느낌을 나누기를 기대한다.

여기에 20세기 전반에 활동한 이탈리아의 초현실주의 화가 알베르토 마르티니가 그린 단테와 《신곡》 삽화를 각 장마다 한두 점씩 넣었다. 마르티니는 마치 단테의 세계를 그리기 위해 태어난 화가처럼 느껴진다. 날카로운 선과 일렁이는 검정을 통해 단테 세계의 본질을 포착하고, 시대의 어둠이 빛 곁에 자리하도록 이끄는 단테의 언어를 재해석한다. 그의 삽화 속 단테는 구원의 확신을 품은 현자가 아니라 두려움과 욕망이 얽힌 인간의 심연을 응시하며 몸서리치면서도 그곳을 향해 한 걸음씩 내딛는, 알 수 없는 그림자로 다가온다. 이것이 바로 마르티니가 우리 시대에 불러낸 단테다. 그는 해답을 제시하기보다 실문을 던지며, 어둠을 견디면서 빛을 향해 나아간다. 마르티니는 그런 단테의 여정을 함께 걷는 우리 시대의 순례자다. 마르티니의 삽화 외에 단테와 그의 글에서 직접 영감을 받은 그림들, 그리고 나의 주관적 느낌에 따라 고른 몇 점의 그림도 더했다. 부디 이 책을 읽는 독자들의 좋은 길벗이 되기를 바란다.

2026년 1월, 박상진

차례

1

만남

어두운 우리 시대를 밝히는 길

《신곡》장서표
가브리엘 천사가 마치 성모 마리아에게 내려오듯
그림 그릴 준비를 하던 마르티니를 방문한다.
손에는 '거룩한 시'라고 적힌 커다란 책을 들고 있다.
단테가 《신곡》을 지칭한 단어다. "《신곡》으로
시대와 사회를 비춰보라." 마르티니는 고개를 돌려 단테의
《신곡》을 뚫어지게 바라본다. 그런 그를 한 마리
마귀가 커튼을 젖히고 어둠 속에서 엿본다.

혼자서, 또 더불어서

　주변을 둘러보면 혼자 사는 삶에 익숙해져 가는 사람들이
눈에 띈다. 1인 가구가 급격히 늘고 '혼밥'과 '혼술' 같은
신조어가 자연스레 자리를 잡았다. 혼자 사는 삶은 외롭지만,
어느새 외로움은 이 시대를 실아가는 필수 조건이 되었다.
혼자서 외로운 환경은 타인의 욕구를 세밀하게 관찰하는
흐름을 만든다. 먹방, 리얼리티 쇼, 일상의 체험을 소개하는
프로그램은 텔레비전을 켜거나 소셜 미디어에 접속하기만
하면 흔하게 볼 수 있다. 타인의 가장 사적인 생활을 엿보고
내밀한 감정의 고백을 들으면서 시청자는 자신의 욕구도
똑같다는 사실을 인지하고 확인하며 공감함으로써 혼자라는
단절된 상황을 잊는다.

우리의 시인 단테도 외롭게 살았다는 이야기는 낯설다.
단테라 하면 누구나 《신곡》에서 펼쳐내는 인간 구원의
담대하고 장대한 여정을 먼저 떠올리기 때문이다. 그러나
《신곡》을 찬찬히 읽어보면, 행간에 짙게 서린 외로움을
어렵지 않게 느낄 수 있다. 세계 문학사에서 가장 위대한 작가
단테를 키운 밑거름은 외로움이었다. 그러나 《신곡》에서
외로움을 느끼고 거기서 위안을 받는다고 해서 그것을 먹방과
리얼리티 쇼 프로그램을 시청하는 효과와 같다고 말할 수는
없다. 다만 단테도 세상과 사람들을 세심하게 관찰하고
그들과의 공감을 넓히며 《신곡》을 썼다는 점은 분명하다.
《신곡》에서 느끼는 공감은 우리의 외로움과 단절을 잊게
만든다기보다 함께 나누는 종류의 것이다.

　　《신곡》은 단테의 자서전이다. 단테는 자기를 주인공으로
등장시켜 지옥과 연옥과 천국을 차례로 돌아보는 이야기를
들려준다. 지옥으로 떠나는 그날 저녁 어둑한 하늘을
올려다보며 그는 외로움과 연민과 성찰이 내내 함께하리라
생각한다.

　　　　날은 저물어가고, 어둑한 하늘은
　　　　땅 위의 생명들을 그 고달픔에서
　　　　놓아주고 있는데, 나 하나 홀로,

나아갈 길, 연민과 치를 전쟁을
준비하고 있었으니, 그르침이
없는 정신은 이를 말해주리라.
(〈지옥〉 2곡 1~6행)

　"나 하나 홀로"라는 구절은 단테의 마음을 찬찬히
비춰준다. 살아 있는 모든 것들이 일과를 마치고 하나둘
집으로 돌아가 쉬는 저녁 시간, 단테는 혼자서 길을 떠나야
한다. 살아 있는 몸으로 죽음 이후의 세계를 홀로 둘러봐야
하는 험난한 여행은 외로움을 자극한다. 그래도 그는 나설
준비를 마치고 있다.

　험하고 쓰디쓴 길을 걷는 내내 단테의 마음은 연민으로
채워지고, 지옥의 죄인들을 경멸하고 비난하면서도 끝내
연민을 버리지 않을 것이다. 오히려 그 연민이 자신의
외로움을 부드럽게 어루만져 주리라 예감한다. 연민은 가장
개인적이면서 가장 사회적인 감정 아니던가. 단테는 길
위에서 마음이 열리는 자신을 들여다보며 자신 안에 도사린
생각에 깊이 잠긴다. 인간이란 무엇이고 산다는 것은
무엇인가. 그가 고민한 인간 삶의 무수한 면면들이《신곡》에
섬세한 언어로 차곡차곡 담겨 있다.

단테, 견디며 날아오르는 순례자

단테는 1265년 이탈리아 피렌체에서 태어났다. 중세의
열매가 무르익어가는 한편, 고대의 지적 유산이 새롭게 꽃을
피우기 시작하던 때였다. 또한 경제 체제의 기반이 토지에서
자본으로 바뀌고, 그에 따라 사회의 주도 세력이 지주
귀족에서 상인 시민으로 대체되어가던 격변의 한가운데였다.
그런 시대와 장소에서 성장한 단테는 오래된 것을 버리지
않고 포용함으로써 새로운 것을 창출하는 법을 배웠다.

사랑이라는 오래된 주제를 새로운 언어에 담아 표현하려
했던 문학청년 단테는 사랑하던 여인 베아트리체가 갑자기
세상을 떠나자 철학과 현실 정치로 눈을 돌린다. 사랑의
상실과 좌절은 사랑의 철학적 의미를 처음부터 다시 묻게
했고, 나아가 사랑의 사회적 역할을 고민하고 실천하는
계기가 되었다.

그러나 피렌체의 고위 공직자가 되기까지 탄탄한
벼슬길을 걸었던 단테의 삶은 어느 순간 격렬한 소용돌이에
빠져든다. 끝도 없이 몰아치는 복잡한 정쟁에 휘말려
서른일곱에 피렌체에서 추방당한 그는 쉰여섯에 세상을 떠날
때까지 다시는 귀향하지 못한 채 추방자의 삶을 살아야 했다.
그러나 세상으로부터 거리를 두고 인간과 공동체를 바라보는
성찰의 눈은 더욱 깊어지고 예리해졌다. 문학청년, 철학도,

정치가의 경력은 추방자로서 이어가야 했던 나날의 팍팍한
삶을 버티는 자양분이 되었다. 그는 스스로를 되돌아보고
사회를 관찰하며 성찰을 심화하고, 그 내용을 글쓰기라는
새로운 실천으로 담아내는 일로 망명의 삶을 채워나가기
시작했다.

　단테는 귀국을 종용하는 피렌체의 요청을 거부하고, 세계
시민주의라 부를 수 있는 보편적 차원에서 인간의 행복을 깊이
탐구했다. 더 많은 사람이 더 많은 행복을 누리는 세상을
꿈꾸었고, 인간의 정의로운 공동체 건설을 위해 철학, 신학,
권력, 언어, 정치, 자연 과학 등 다양한 방면에서 생각을 벼려
나갔다. 망명 시절 내내 집필을 이어가 숨을 거두기 전에
완성한《신곡》은 그 모든 활동의 결정체였다.

　'단테Dante'라는 이름에는 '견디다'라는 뜻이 들어 있고,
'알리기에리Alighieri'라는 성에는 '날개'라는 의미가 숨어 있다.
견디며 날아오르는 자. 견딘다는 것은 반드시 어떤 성취와
완성에 이르지 못해도 지금 이 자리에서 최선을 다한다는
마음과 자세를, 그리고 날아오른다는 것은 그 견디는 마음이
올바른 방향으로 나아가고 있음을 가리킨다.

　바로 이것이 단테가《신곡》을 쓰는 기본 방침이었다.
《신곡》에서 주인공 순례자로 등장하는 단테는 베르길리우스가
이끄는 대로 지옥의 탁한 어둠을 뚫고 아침의 맑은 햇살 속에서
연옥을 오른다. 그런데 햇빛은 그의 살아 있는 몸을 투과하지

못하고 그림자를 만든다. 그림자를 목격한 연옥의 영혼들은
깜짝 놀란다. 그리고 그가 살아 있는 몸으로 내세를 둘러보고,
다시 현세로 돌아갈 존재임을 알게 된다. 이 순간 단테는
깨닫는다. 인간은 빛을 받으면 그림자를 드리우는 존재, 빛이
만든 그림자를 외면하지 않고 자꾸 거기로
눈을 돌리는 존재라는 것을. 인간은 찬란한 빛을 받는 동시에
어두운 그림자를 만드는 위태로운 삶을 살아가지만,
그 그림자를 돌아보며 자신을 추스르기도 한다. 견디며
날아오르는 단테는 그러한 돌아봄, 인간의 자기 성찰 과정을
《신곡》의 여정에서 고스란히 보여준다.

　　연옥의 꼭대기에 자리한 잃어버린 낙원에서 단테는
오래전에 세상을 떠난 베아트리체를 다시 만난다.
베아트리체는 천국에 올라가 있다가, 지옥을 거쳐 연옥에 오른
단테를 천국으로 안내하기 위해 마중 나온 참이다. 단테는
과거에 품었던 사랑이 다시 피어나는 걸 느끼며 베아트리체와
함께 천국으로 오른다. 그 황홀한 빛의 세계에서 단테의
사랑은 끊임없이 성숙해지고, 마침내 하느님의 너른 품에 안겨
궁극의 구원과 행복을 실현한다. 외로움도 슬픔도 없는
완벽한 안식 속에서.

　　그러나 단테는 그 순례의 끝에서 다시 출발점으로
돌아온다. 천국의 하늘을 오를수록 마음은 점점 이 세상으로
향하고, 예전과 다른 목소리로 노래하는 시인으로 돌아가리라

다짐한다(〈천국〉 25곡 1~12행). 지옥, 연옥, 천국을 거치면서
정신은 성숙해졌고 목소리는 깊어졌다. 그가 보고 들은 내세의
이야기를 깊어진 목소리로 세상 사람들에게 전하고 싶은
마음은 바로 그 성숙한 정신에서 나왔으리라. 이제 그는 다시
외로움과 슬픔에 잠겨 세상을 바라보고, 하느님을 흉내 낸 너른
팔을 벌려 껴안으며 한 글자 한 글자 자신의 순례를 들려준다.
끔찍했던 지옥, 희망찼던 연옥, 황홀했던 천국의 기억을 유려한
언어로 풀어낸다.《신곡》을 펼쳐 들고 나지막하게 소리 내어
읽어보자. 단테의 목소리가 되어 단테의 마음을 만날 수 있을
것이다.

성찰하고 사랑하라

난테는 사신의 내면에 '나그네 정령'이 살고 있다고 말한
적이 있다. 그는 분명 그 정령을 벗 삼아 이야기를 나누며 글을
썼을 것이다. 정처 없이 세상을 떠도는 동안 세상과 거리를
두는 법을 배웠고, 세상을 객관적으로 바라보는 기회를 가졌다.
추방자의 외로움은 세상과 관계를 맺는 또 다른 방식이자,
자기 내면을 들여다보는 새로운 조건이었다. 내면을 보는
시선은 늘 외부를 향하고 있었다. 단테는 언제나 자기 성찰의
시선으로 시대와 사회를 응시했다.

《신곡》을 이루는 〈지옥〉, 〈연옥〉, 〈천국〉은 예외 없이
'별'이라는 말로 끝을 맺는다. 발길 닿는 어디서나 단테의
시선은 별을 찾고 있었다. 별이 빛나는 한, 그의 발길은 계속
이어졌다. 그러나 단테는 길 끝에 무엇이 있을지를 애써
떠올리기보다, 지금 여기서 어떤 길을 만들어가고 있는지를
찬찬히 돌아보았다. 그 길이 보편타당한가, 적절한가,
올바른가를 늘 신중하게 가늠하며 걸었다. 그런 그에게는
길잡이가 필요했다.《신곡》에 등장하여 길을 이끄는
베르길리우스와 베아트리체는 단테의 내면 깊은 곳에서
솟아난 자아의 또 다른 모습들이었다. 단테는《신곡》을
스스로를 이끌며 걸었던 길의 기록, 영혼의 자서전으로 써
내려갔다.

길 끝에 도달했을 때, 단테는 처음부터 끝까지 자기를
이끌어온 궁극의 길잡이는 바로 사랑이었음을 깨닫는다.

> 우리 살아가는 길 중간에
> 나는 어느 어두운 숲속에 처했었네.
> 곧은길이 사라져버렸기에.
> (〈지옥〉 1곡 1~3행)

> 여기서 높은 환상은 힘을 잃었다. 그러나
> 이미 나의 소망과 의지는, 똑같이

움직이는 바퀴처럼, 태양과 다른 별들을
움직이는 사랑이 돌리고 있었다.
(〈천국〉 33곡 142~145행)

   《신곡》의 처음과 끝이다. 《신곡》은 좁고 어두운 숲의
절망에서 시작하여 태양과 별을 움직이는 광활한 사랑으로
끝을 맺는다. 길을 떠날 때 분리되어 있던 소망과 의지는 이제
한 쌍의 바퀴처럼 완벽한 조화를 이루며 함께 움직인다.
어두운 숲에서 외로이 헤매던 단테는 마침내 찬란한 천국의
빛 속에서 사랑의 얼굴을 마주한다.

   우리 시대의 사랑은 어떤 얼굴을 하고 있을까. 사랑은
타자를 향해 휘어지는, 타자의 자리를 상상하며 타자에게
연민을 품는 마음이다. 사랑은 지성, 의지, 소망, 연민, 상상,
실천이 어우러진 총체다. 내세 여행의 끝에 다다른 단테는
그 모든 것들이 처음부터 자신을 이끌고 있었음을 깨닫는다.
사랑이 이미 처음부터 우리와 함께하고 있음을.

2

용기

지옥에서도 비웃음당할 비겁한 자들에게

어둠에 맞서는 용기

세상은 무거운 어둠에 잠겨 있다. 누구든 살아가며 한 번쯤
어둠 속에서 길을 잃는다. 멀리 산꼭대기에 빛이 보인다.
어둠 속을 헤매던 단테가 그 빛으로 오르려 하지만, 표범과 사자,
암늑대에 의해 다시 어둠으로 밀려난다. 음욕, 오만, 탐욕은
우리 인간을 죄로 몰아넣는 그릇된 욕망이다.
그는 빛을 닮으려 하지만, 아직까지 형체는 분명하지 않다.
지금 그에게 필요한 것은 빛을 향해 나아가려는 의지,
어둠에 맞서는 용기다.

잠든 지성은 괴물을 낳는다

우리 살아가는 길 중간에
나는 어느 어두운 숲속에 처했었네.
곧은길이 사라져버렸기에.
(…)
어떻게 거기 들어섰는지 말하기 쉽지 않으나,
진정한 길을 잃어버렸던 바로 그때
나는 잠에 너무나 취해 있었다.

그러나 무서움으로 내 마음을 찢어놓았던
저 골짜기가 끝나는 그곳,
어느 언덕 기슭에 이르고 나서야,

위를 바라보았고, 그 등성이가 보였는데,
다른 자들을 각자의 길로 올바로 이끄는
행성의 빛줄기에 벌써 휘감겨 있었다.
〈지옥〉 1곡 1~18행)

　살다 보면 곧은길에서 벗어나 한 치 앞도 보이지 않는
어둠 속을 헤매는 순간이 찾아오기 마련이다. 단테도 그랬다.
늦은 나이에 정치판에 뛰어든 지 불과 5~6년 만에 피렌체를
대표하는 최고 위원 8인 중 하나로 선출되며 세속 인생의
정점에 올라섰다. 당시 이탈리아 정치는 극도로 복잡하게
전개되고 있었고, 그 중심에는 황제와 교황의 대립이
자리했다. 피렌체도 예외가 아니어서, 두 세력을 각각
지지하는 시민들이 극한으로 대립하는 양상을 보였다. 단테는
파벌 싸움을 소멸시킬 적법한 권력을 세울 때 비로소
피렌체에 안정과 번영이 찾아올 것이라고 믿었다.
　그래서 피렌체는 세속 권력을 탐하던 교황 보니파시오
8세에게 결코 협력해서는 안 된다는 주장을 펼쳤고, 이
문제를 외교적으로 해결하고자 로마를 방문한다. 그런데 마침
그가 피렌체를 떠나 있는 동안 교황과 결탁한 파벌이 주도한
쿠데타가 일어난다. 무력으로 집권한 피렌체의 새 정부는
단테를 배임 및 뇌물 수수로 기소하고, 궐석 재판을 열어 재산
몰수와 함께 추방을 선고한다. 이어서 피렌체에 돌아오면

화형에 처한다는 무시무시한 조항까지 추가한다.

《신곡》을 시작하는 위의 인용문에서 "어두운 숲"은 직접적으로는 당시 황제와 교황이 대립하여 생겨난 무질서와 혼란 속에서 권력과 재산을 빼앗기고 추방당한 자신의 현실을 가리킨다. 그러나 속뜻은 올바른 지성적 판단과 꺾이지 않는 실천의 힘을 잃은 상태의 비유에서 나온다. 단테는 "진정한 길"을 잃고 "어두운 숲"에 들어선 이유를 잠에 취해 있었기 때문이라고 분석한다. 그는 지금 잠에서 깨어, 빛 하나 들지 않는 숲속을 두리번거리며 헤매고 있다. 잠들었던 지성이 깨어나 행동을 시작하는 상태다(부록 〔그림 2〕 참조). 밤새 두려움에 떨며 숲을 가로지른 그의 앞에 해가 떠오르고 있다. 우리 각자의 길은 다르지만, 빛을 받는 한에서, 그 의지와 실천을 발휘하는 한에서만 올바를 수 있다.

《신곡》에서 단테는 지성이 인도하고 의지가 추동하는 곧고 올바른 길을 거듭하여 강조한다. 그러면서 길을 잃어버린 이유와 경위를 밝히고 길을 회복하는 과정을 들려준다. 그의 이야기는 잠에서 깨어나 지성을 최대한 발휘하는 내용으로 이루어진다. 이것이 곧 그가 추구했던, 인간이 걸어야 할 구원의 길이다. 단테에게 구원이란 신의 섭리가 일방적으로 작용하는 은총이 아니라 인간이 지성을 발휘하여 스스로 만들어가야 할 실천이었다.

필요한 것은 용기다

단테는 베르길리우스와 함께 지옥으로 향하는 순례길에 나서기로 한다. 그러나 살아 있는 몸으로 죽음 이후의 세계로 들어가는 그 예사롭지 않은 여행을 자기가 과연 감당할 수 있는지 또다시 주저하고 의심한다.

> 그런데 나는, 왜 가는지요? 누가 그러라 하는지요?
> 나는 에네아도, 파울로도 아니고,
> 나도 그 누구도 내가 합당하다 믿지 않습니다.
> (〈지옥〉 2곡 31~33행)

단테는 일찍이 비슷한 여행을 감행했던 아이네이아스("에네아")와 사도 바울로("파울로")를 직접 거명하며 자기는 그들만 한 자격이 없으며, 과연 하늘의 은총이 그런 엄청난 여행을 허락한 것은 맞는지("누가 그러라 하는지요") 질문을 쏟아낸다. 가만히 보면, 단테는 순례의 이유("왜")보다는 자기가 순례자로 지정되었다는 사실에 훨씬 더 큰 관심을 보인다("나는", "나는", "내가", "나도"와 같이 자신을 반복 호명하는 것을 보라). 그리고 물음("가는지요?", "하는지요?")과 부정("아니고", "않습니다")을 이어가면서 모호한 자신의 내면을 확실히 다잡아주기를 기대한다. 그

점을 간파한 베르길리우스는 비겁하다는 지적, 잘해낼 거라는
위로와 격려, 그리고 천국의 성모 마리아와 베아트리체가
기획한 여행이라는 설명으로 그의 관심과 기대를 충족해준다.

사실 베르길리우스는 세상을 떠난 뒤 림보라고 불리는
지옥의 가장자리에 갇혀 있었다. 림보는 세상을 의롭게
살았으나 예수 그리스도의 가르침을 접할 기회가 없었던
이들이 가는 곳이다. 베르길리우스는 림보를 "매달린"(〈지옥〉
2곡 52행) 곳으로 부르는데, 처지를 바꾸고 싶어도 아무것도 할
수 없는 무력한 상황, 천국의 축복을 받기에는 모자라고
지옥의 고통을 겪기에는 억울한 어중간한 위치를 비유하는
말이다.

한편, 천국에 올라가 있던 베아트리체는 성모 마리아의
뜻을 받들어 지옥으로 내려온다. 그리고 베르길리우스더러 세
마리 짐승에 밀려 어두운 숲으로 되돌아가고 있는 단테를
구출해달라고 부탁한다. 그녀를 움직이고 말하게 하는 것은
사랑임을 강조하기도 잊지 않는다.

> 그대에게 가라 하는 나는 베아트리체.
> 내 돌아가고자 하는 그곳에서 옵니다.
> 사랑이 나를 움직였고, 말하게 합니다.
> (〈지옥〉 2곡 70~72행)

수동적인 상태에서 답답한 시간을 보내던 베르길리우스로서 큰일을 도모할 좋은 기회다. 더욱이 베아트리체가 지옥에 어울리지 않는 눈물 젖은 빛나는 눈으로 자기를 바라본다. 그 눈빛에 이끌려 베르길리우스는 발길을 서둘렀고, 그 덕에 사나운 짐승으로부터 단테를 구하게 된다.

> 내게 이렇게 말한 뒤 그녀는
> 눈물에 젖어 빛나는 눈을 돌렸지.
> 그것이 내 발길을 이곳으로 재촉했고,
>
> 그녀가 원했던 대로 너에게 와서
> 아름다운 산으로 가는 지름길을 막아선
> 사나운 짐승 앞에서 널 구한 것이다.
> (〈지옥〉 2곡 115~120행)

앞의 인용문을 보면, 베아트리체는 자신의 이름을 엄숙히 공표한다. '복을 주는 여자', 즉 구원으로 이끄는 존재라는 뜻을 지닌 그녀의 이름이 지옥에 울려 퍼진다. 이것만으로도 지옥에서는 있을 수 없는 사건이다. 지옥은 구원도 사랑도 아예 없는 곳이기 때문이다. 사랑으로 움직이고 말하는 베아트리체는 지옥을 두려워하지 않는다. 이미 천국의 사랑에 속한 존재이기에 지옥은 두려워할 만한 대상이 아니다(〈지옥〉

2곡 88~90행). 용감한 베아트리체와 달리, 단테는 지옥 순례를
몹시도 두려워한다. 그런 그를 베르길리우스는 '왜'라는
의문사를 세 행에서 무려 네 번이나 거듭하며 다그친다.

> 왜, 왜 주저하는가,
> 왜 마음속에 그리도 겁을 품는가,
> 왜 용기와 솔직함이 없는가?
> (〈지옥〉 2곡 121~123행)

주저하고 겁을 내는 이유를 묻고 판단을 촉구하는
질문이지만, "주저"와 "겁"을 버리고 "용기"와 "솔직함"을
찾으라는 명령이 더 확연하게 드러난다. 베르길리우스는
단테에게 무엇보다 용기가 필요하고, 용기가 그의 마음에
자존감과 내적 확신(이들이 "솔직함"의 숨은 뜻이다)을
불어넣는다고 생각하는 듯 보인다. 용기는 무엇에도
얽매이기나 휘둘리지 않으며 과감히 소신을 펼쳐나가는
기반이다. 베르길리우스의 촉구와 격려 덕분에 단테는 마침내
지옥으로 내려서는 첫 발걸음을 떼어놓는다.

아리스토텔레스는 《윤리학》에서 용기를 두려움과 자신감
사이의 중용이라 말한다. 비겁한 사람은 두려워해서는
안 될 것을 두려워한다. 예로, 누군가 가난이 두려워 자살을
감행한다면, 그의 두려움은 가난이 그에게 해를 입힐 힘이

있다고 믿기 때문에 나온다. 반면, 용감한 사람은 당연히
두려워해야 할 것을 당연한 이유에서, 당연한 방법으로,
당연한 때에 두려워하며, 이를 참고 견딘다. 가난이 자신을
해칠 힘이 없다고 느끼면 두려워할 필요가 없다. 한편,
두려운 일에 지나치게 자신감이 넘치는 사람은 무모하고
위선적이기 쉽다.

결국, 진정한 용기란 두려움의 대상을 식별하고, 두려움과
자신감 사이에서 적절한 균형을 잡는 일이다. 단테는 비겁을
버리고 용기를 가져야 하지, 두려움까지 버릴 필요는 없다고
생각한다. 두려움은 인간을 마비시키지만, 또한 지나친
자신감과 무모함을 제어해주기 때문이다. 그래서 어두운 숲을
기억하는 일이 죽음보다 더 두렵다고 토로하면서도(〈지옥〉
1곡 6~7행), 기억을 두려워하는 동시에 견디고자 한다. 그리고
베르길리우스와 함께 지옥으로 내려가던 그때를 기억으로
떠내면서《신곡》을 써나간다. 지옥으로 내려가고 그것을
기억하여 글로 옮기는 단테의 용기는 두려움이 없어서가
아니라 두려움을 피하지 않는 데서 나오고, 계시를 받았거나
사명을 깨달아서가 아니라 두려움을 견디려는 실존적
결단으로 지탱된다.

지옥마저 비웃는
최고의 파렴치한

단테가 지옥에 들어서자마자, 별 하나 없는 어두운
허공에서 불어닥치는 회오리바람에 모래알처럼 휩쓸리는
망령들이 나타난다. 이들은 지옥조차 받아들이지 않는
자들이다. 그래서 아케론강을 건너기 이전, 지옥의 변방에
머물러야 한다. 천국에 오르지도, 지옥에 떨어지지도 못하는,
천국에서도 지옥에서도 모두 거부하는, 가장 비참한
죄인들이다.

> 치욕도 찬사도 없이 살았던
> 자들의 슬픈 영혼들이
> 이렇게 비참한 꼴을 당하고 있다.
> 〈지옥〉 3곡 34~36행)

세상에서 아무 일도 도모하지 않고, 나태하고 안락하게만
살아가는 사람들은 비난도 찬사도 받지 않는다. 단테는
이들이 의지도 없고 실천도 없이, 비겁하고 무책임하게 사는
죄를 저지른다고 간주한다. 단테는 지옥이 벌하는 수많은
죄의 기본 유형을 부절제, 폭력, 사기로 분류하는데, 이들은
그 어디에도 속하지 않는다. 마땅히 죄를 저질렀다 할 수도

없건만, 단테는 지옥마저 비웃는 최고의 파렴치한이라고
생각한다.

> 그중 몇몇이 아는 자들이었는데, 그렇게 보다가
> 비겁한 나머지 엄청난 거부를 했던
> 사람의 그림자가 보였고, 그를 알아보았다.
> (〈지옥〉 3곡 58~60행)

　　단테는 이들 가운데 한 사람을 알아보고, 그를 막중한
책임을 회피한 비겁한 영혼이라 부른다. 그 영혼이 과연
누구를 가리키는지는《신곡》을 읽는 시대와 사회에 따라
수많은 후보자가 거명되었는데, 가장 유력한 인물은 당시
교황이었던 첼레스티노 5세다.

　　80대의 고령 은둔 수사로 명성이 높았던 피에트로 다
모로네는 1294년 4월 4일 소집된 콘클라베conclave(교황 선출을
위한 추기경 회의)에서 교황으로 추천되어 첼레스티노 5세라는
이름으로 교황직에 올랐다. 그러나 공직을 수행하려는 열의가
부족하여 불과 5개월 만에 사임한다. 교황은 종신직이지만
죽기 전에 교황직에서 물러난 선례가 있다는, 당시 교회법
전문가였던 추기경 카에타니가 건넨 거짓 조언의 힘이
컸다(나중에 단테는 지옥 밑바닥에서 사기범들 속에 섞여 있는
카에타니를 발견한다).

교황을 들쑤셔서 자리를 넘겨받은 추기경 카에타니는 보니파시오 8세가 되었다. 물러난 교황은 다시 은둔 수사의 평온한 삶으로 돌아가기를 원했지만, 후임자에 의해 2년 남짓 감금된 끝에 삶을 마감한다. 1988년 두개골을 엑스레이로 촬영한 결과 지름 5센티미터가량의 구멍이 발견되었다고 하니, 그의 사망에 어떤 음모가 개입했다는 심증이 짙다.

황제와 다투면서 세상을 어지럽히고 사회의 공정성을 심각하게 훼손한 교황 보니파시오 8세의 권력욕은 사실상 그가 끌어내린 전임 교황의 직무 유기에서 비롯되었다. 고행하면서 그저 안온하게 숨어 살고자 했던 은둔 수사의 희망은 사회의 엄중한 요청을 외면하는 죄였던 셈이다. 그 비겁한 영혼은 결국 사회의 혼란을 야기했고, 자신도 비참한 최후를 피하지 못한 채 지옥의 변방에 떨어져 지옥조차 비웃는 신세가 되었다.

구더기에 시달리며 경멸받는
비겁한 영혼들

정녕 살아 있지도 않았던 이 비열한 자들은
벌거벗은 채, 거기 있는 거대한 파리와
벌 떼에게 무참히도 찔리고 있었다.

찔린 얼굴에서 피가 눈물과 뒤섞여
흘러내렸고, 지긋지긋한 벌레들이
다리에서 그것들을 거두어들였다.
(〈지옥〉 3곡 64~69행)

지옥의 영혼들은 예외 없이 벌거벗고 있지만, 특히 이곳
지옥 변방에 머무는 비겁한 영혼들의 몸은 더욱 처참하다.
파리와 벌 떼의 공격에 무방비로 노출된 상태이니, 이를 보고
단테가 얼마나 경멸스러운 시선을 던졌는지 알 수 있다.
이 하찮은 미물들이 만든 상처에서 솟아난 피가 다리까지
흘러내리고, 그 피를 벌레들이 빨아먹는다. 이 벌레들은 남의
살을 먹고 자라나는 구더기로 짐작된다. 비겁한 영혼들은
제 몸뚱이 하나 어쩌지도 못해서 구더기를 떼어내려는 엄두도
내지 못한다. 이처럼 지옥 변방의 비겁한 영혼들은
구더기조차 무시하고 비웃는, '인간'으로서 가장 노골적으로
경멸당하는 존재들이다.
　이들은 살면서 제 나름대로 중립의 가치를 지켰다고
볼멘소리를 내뱉을지도 모른다. 그러나 중립은 실천하기
어려운 덕목이며, 자칫 비겁으로 흐르기 쉽다. 비겁한 자들은
지옥도 싫어한다. 어떤 죄보다 더 경멸스럽고 치욕적이다.
지옥의 다른 죄인들도 자기들 죄가 당연히 더 낫다고 생각할
정도다. 비겁한 자들은 눈앞에서 자기 생살을 파먹는 귀찮은

구더기가 장차 푸른 하늘을 자유롭게 날아다니는 천사 나비로
자라날 것(〈연옥〉 10곡 124~126행)이며, 이것이 인간에게
주어진 운명임을 모른다. 그런 희망과 실천이 인간의 존엄한
삶이고 길이라는 것을 생각하지 못한다. 대신 그들은 현재의
안락 속에 도사리며 어느새 자기를 비하하는 데 익숙해져
있다. 인간으로서의 자부심을 외면할 때, 중립은 악으로
기울어지기 십상이다.

　　단테는 살아 있는 몸으로 지옥에 뛰어들었다. 지옥은
물론 연옥과 천국까지 모든 여정을 살아 있는 몸으로
순례한다.《신곡》곳곳에서 이 사실이 자꾸 강조되는 이유는
그만큼 중요하기 때문이다. 실천은 살아 있을 때 해야 한다.
인간은 삶의 존재이기 때문이다. 지옥이 없다는 듯 외면하지
않는 태도가 지옥을 이기는 기본자세다. 지옥은 천국으로 가는
관문이다. 지옥을 모르면 천국에 오를 수 없다. 그래서
《신곡》은 지옥에서 시작하여 천국에서 끝난다. 지옥으로
내려가지만 언제나 천국을 향하고 있는 단테의 발걸음은
곧 실천이다. 그리고 실천의 내용과 방향을 끊임없이 점검하고
수정해나가는 것이 삶의 진정성이다. 막연한 기대가 아니라
명징한 판단으로, 단순한 호기심이 아니라 깊은 슬픔으로
말이다.

　　판단의 옳고 그름은 이편과 저편의 찬반을 불러오지만,
판단의 부재는 경멸과 무시를 초래한다. 찬반은 조정하고

개선할 수 있지만, 경멸과 무시는 그런 기회조차 허락하지 않는다. 슬픔의 깊이는 이편과 저편의 경계를 안아 감춘다. 그렇게 경계를 지우며 계속해서 움직이고, 견디고, 길을 걷는 것. 그것이 지성적 존재 방식이다. 지옥의 비웃음을 모면하고 지옥의 부동성과 반지성을 이겨내는 일이다.

비겁한 영혼들이 구더기에게 생살을 파 먹히고 구더기가 천국의 나비로 성장하는 모습을 상상하지 못하는 이유는 스스로 행동하지 않기 때문이다. 단테가 말하는 비겁은 용기와 실천의 결여라는 점에서 부동과 침묵의 반지성주의에 맞닿아 있다. 직면해야 할 것을 회피하고, 들어야 할 때 안 들리는 척하고, 몸을 움직여야 할 때 도사리는 태도다. 살아 있지 않은 상태이며 인간답지 않은 모습이다. 천국의 빛으로 나아가기 위해 지옥의 어둠에 직면하는 일은 너무나 두렵지만 인간만이 할 수 있는, 해내야만 하는 과제다. 그런 의미에서, 비겁함은 인간을 인간답게 만드는 천국의 선善에서 가장 먼 대척점에 서 있다.

지성은 행동할 용기로 완성된다

선은 인간다움에서 나오고 악은 인간다움을 잃으면서 자라난다. 단테는 인간다움의 첫째 조건은 지성이라 보았고,

지성은 용기와 실천으로 완성된다고 믿었다. 선과 악 사이에서 중립을 취하면 악으로 기울기 쉽다. 선으로 가기 위해서는 더 능동적인 실천이 필요하다. 아무것도 안 하는 것만으로도 지성은 퇴화하고 악에 가까워지며 인간다움을 잃는다. 잠에서 깨어 지옥을 직시하고 용기를 내어 행동하는 단테. 인간다움을 추구하기 시작하는 모습이다.

행동이 없으면 행동의 목표도 흔들린다. 우리 사회에서 진보 세력은 스스로를 검증하기보다 찬사에 익숙해졌다. 치욕은 상대에게만 해당한다는 생각, 자신은 늘 옳다는 확신과 자부심만 축적되었다. 그러는 사이, 지성은 퇴화하여 자신을 돌아보는 능력을 상실했고, 일찍이 저항했던 배타적인 기득권 지배 권력이 되었다. 비겁하게 둥지 속에 숨어 있지 말고, 비판을 두려워하며 인정하는 용기가 필요하다. 그래야 거듭날 수 있고 시대의 새로운 요청에 응답할 수 있다. 그 거듭나는 응답이 곧 행동이고 진보다. 진보의 시대정신은 여전히 유효하다. 수많은 미완의 개혁 과제가 지금도 우리 앞에 놓여 있다.

3

연민

차별과 배제를 넘어 환대하고 포용하는 사랑

단테의 연민

"사랑의 지성을 지닌 여인들"(《연옥》 24곡 49행)이라고
적는 단테. 그 아래로 "나를 쫓아낸 잔악한 마음"(《천국》 25곡
5행)이라 덧붙인다. 망명자 단테는 《신곡》을 쓰면서
청신체 활동을 하던 젊은 시절, 베아트리체를 향한 사랑,
정치 활동과 추방 선고 등, 피렌체에서 보낸 과거를
떠올린다. 사는 내내 사랑을 생각했던 단테의 마음은
늘 연민으로 채워져 있었다.

사랑이 숨을 불어넣을 때

단테는 사랑의 시인이다. 아홉 살 때 베아트리체를 처음
보고 사랑에 눈떴고, 열여덟에 다시 만났을 때 사랑의 인사를
건넨다. 그러나 그로부터 몇 년 지나지 않아 베아트리체는
세상을 떠난다. 세 번째 만남은 이 세상의 것이 아니었다.
죽은 베아트리체가 연옥의 꼭대기, 지상 천국까지 오른 살아
있는 단테를 마중 나왔을 때 이루어진다. 그녀의 모습은
천국의 축복을 받아 한층 더 아름다워져 있다. 단테는
그녀에게서 한때 품었던 세속적 사랑의 흔적을 더듬어보며,
이제는 성스러운 사랑을 향해 함께 오른다. 순례 내내 단테는
속俗과 성聖 사이에서 사랑의 본질을 골똘히 생각하고, 자신의
마음을 가만히 들여다본다(부록 〔그림 3〕 참조).

단테는 사랑으로 시를 쓰는 시인이다. 이 점을
보나준타라는 시인과 나누는 대화에서 이렇게 정리한다.

> 그런데 말해주오. "사랑의 지성을 지닌 여인들"로
> 시작하면서, 새로운 시구를 끌어낸
> 그 사람을 내가 여기서 보고 있는지를.
>
> 내가 그에게, 나는 사랑이 숨을
> 불어넣을 때, 받아서, 안에서 불러주는
> 그대로, 드러내며 가는 하나라오.
>
> (〈연옥〉 24곡 49~54행)

연옥에서 마주친 시인 보나준타는 단테에게 "사랑의
지성을 지닌 여인들"로 시작하는 새로운 시를 지은 사람인지
묻는다. 단테가 청년 시절에 쓴 《새로운 삶》을 가리키는
말이다. 단테는 사랑이 불어넣는 숨息이 생명의 근원이고,
그 숨을 내쉴 때 나오는 목소리를 그대로 받아 적으면 시가
된다고 대답한다. 단테는 숨으로 시를 쓰고, 독자에게는
음식을 잘 소화하듯 자기 시를 읽으라고 말해준다(〈천국〉 10곡
22~27행). 잘 소화된 시가 사랑의 양분이 되고 또 다른 숨이
되기를 염원하는 듯 보인다. 이로써 시는 사랑과 생명이
맞물려 돌아가는 순환이 된다.

숨은 시의 영감과 함께 형식과 언어까지 구성한다. 단테는 《새로운 삶》에서 "내 심장에서 나오는 숨은 더 넓게 회전하는 천체를 넘어 나아가니"(41장 10절)라고 읊으면서《신곡》에서 시작할 사랑의 영원한 순례를 예고한다. 숨은 단테를 움직이게 하고, 그 움직임은 천체를 넘어서 나아가는데, 그 천체는 또한 언제나 더 넓게 회전한다. 숨은 사랑으로 시를 쓰는 시인 단테가 비루한 세상부터 고귀한 천상까지 아우르며 나아가는 근본 힘이다.

위의 〈연옥〉 인용문은 단테의 시 쓰는 법을 간결하게 요약한 구절로 널리 알려져 있다. 단테를 중심으로 청신체淸新體, *dolce stil novo*('달콤하고 새로운 문체'라는 뜻이다)라는 새로운 문학 운동을 주도한 시인들은 사랑의 숨을 불어넣어 시를 쓰게 하는 존재가 여성이라고 생각했다. 사랑을 구원의 궁극으로 삼았던 문학청년 단테에게 사랑을 불어넣은 여성은 바로 베아트리체였다. 단테는 베아트리체를 향한 사랑을《새로운 삶》에 고이 담았다. 1290년 연모하던 그녀가 세상을 떠나자 깊은 좌절과 상심에 빠진 단테는 기억을 되살려《새로운 삶》이라는 책을 쓴다. 죽은 베아트리체를 위한 애도의 책이다. 그리고 하느님 곁에 올라가 있는 베아트리체를 다시 만나기 위해 내세의 순례자가 되리라는 희망으로 이렇게 끝을 맺는다.

나의 영혼은 영원 세세의 축복이신 그분의 얼굴을

이 마지막 문장은《신곡》집필과 베아트리체의 부활을
예고한다. 단테는《신곡》에서 마침내 베아트리체와 재회하여
사랑을 완성하는 자신의 모습을 담아낸다.《신곡》에는
단테가 그 길고 굴곡진 길을 가는 동안 배운 사랑이 낱낱이
기록되어 있다.

신의 사랑부터
죄가 되는 사랑까지

1290년 베아트리체가 죽고 나서《새로운 삶》을 쓰던 청년
단테는 그로부터 10년 남짓 현실 정치인으로 활동하다가
인생의 중반에 이르러 어두운 숲에서 길을 잃는다. 이후
추방자로 세상을 떠돌며《신곡》을 쓰는 작가로 거듭난다.
죽기 직전까지《신곡》을 쓰면서 단테는 스스로의 사랑을
더욱더 성숙하게 다듬어간다.《새로운 삶》을 쓰던 젊은
단테는 베아트리체를 향한 지고지순한 사랑밖에 몰랐지만,
《신곡》을 쓰는 원숙한 단테는 무지개처럼 다채로운 사랑을

펼쳐 보인다. 그가 내세를 순례하며 목격한 사랑의
스펙트럼은 넓고 깊다. 정신적인 숭고한 사랑에서 육욕을 못
이긴 사랑까지, 탐욕을 초래하는 과도한 사랑에서 태만을
조장하는 게으른 사랑까지, 천국으로 오르는 좋은 사랑에서
지옥으로 떨어지는 나쁜 사랑까지, 일상의 사랑에서 정치적
의미의 사랑까지(정치란 공동체의 사랑에 관한 질문 아니던가),
드높은 천국에서 깊숙한 지옥까지, 사랑의 모든 얼굴을
그려낸다.

> "아들아, 창조주도 피조물도,
> 네가 알듯, 자연적이거나 영혼의 것이든,
> 사랑과 함께하지 않았던 적은 없었다.
>
> 자연적인 사랑은 언제나 그릇됨이 없지만
> 다른 사랑은 목적이 나쁘거나
> 힘이 넘치거나 모자라서 그르칠 수 있다."
> (〈연옥〉 17곡 91~96행)

단테 문학 인생의 멘토였던 베르길리우스가 던지는
말에서 우리는 신의 사랑("자연적인 사랑")과 인간의
사랑("다른 사랑")을 구별할 수 있다. 세상에 신의 사랑만
있다면 죄는 없을 테지만, 인간은 신의 사랑뿐 아니라 인간의

사랑도 지닌 존재다. 단테를 이끈 것은 신의 사랑이지만, 그 사랑에 응답하는 것은 인간의 사랑이다. 인간의 삶은 마치 과녁을 향해 날아가는 화살과 같다. 아무리 지성의 시위로 팽팽하게 당기고, 궁극의 목표가 정확히 과녁을 향하고 있다 해도, 화살은 흔들리지 않고서는 날아갈 수 없다. 흔들림의 정도에 따라 화살은 과녁에 꽂히기도 하고, 벗어나거나 이르지 못하기도 한다. 그 흔들림이 바로 사랑이다. 활줄의 떨림이 가라앉기도 전에 과녁에 꽂히는 화살(〈천국〉 5곡 91~93행)은 천국의 사랑이지만, 과녁에 꽂히기까지 계속해서 흔들리며 날아가는 화살은 인간의 사랑이다.

　　단테가 순례를 떠나 처음으로 대화를 나눈 지옥의 망령은 사랑 때문에 죄를 지은 여자였다. 사랑이 죄가 된다니. 이상하게 들릴 수도 있지만, 사실 사랑이 죄가 되는 경우는 허다하다. 신의 사랑은 모자란 법이 없고 아무리 지나쳐도 더 큰 사랑으로 자라나는 반면, 인간의 사랑은 그렇지 않다. 지나치거나 모자라서, 또는 비뚤어져서 죄가 된다. 사랑이 지나치면 탐욕, 탐식, 애욕의 죄를, 모자라면 인색과 태만의 죄를, 비뚤어지면 교만, 시기, 분노의 죄를 짓는다. 이런 수많은 사랑의 죄가《신곡》의 지옥과 연옥을 가득 채우고 있다.

　　사랑 때문에 죄를 짓지 않기 위해서 인간은 지성적 판단과 조절이 필요하다. 그렇지 않으면 신의 사랑은 인간의 사랑에 응답하지 않는다. 그런데 "사랑의 지성을 지닌 여인"

베아트리체는 단테에게 사랑의 지성뿐만 아니라 연민도
가르쳐준다. 젊은 시절《새로운 삶》을 쓰던 단테의 사랑은
지성으로 지탱되었지만,《신곡》을 쓰면서는 연민으로
물들어간다. 그것이 단테가 삶을 통해 성숙시켜나간
사랑이었다.

지성을 넘어서는 연민

앞서 말한, 사랑 때문에 죄를 지은 지옥의 망령은
이탈리아 중부 해안 도시 리미니에서 살았던 프란체스카라는
여자다. 그녀는 정략결혼으로 원치 않는 삶을 살다 시동생
파올로와 금지된 사랑에 빠진다.

> 사랑은 온화한 마음에 이내 스며드니,
> 너에게서 없어진 아름다운 모습으로
> 이이를 사로잡았어요.
> (〈지옥〉5곡 100~102행)

단테에게 사연을 들려주는 프란체스카의 어조는
담담하다. 과거의 잘못으로 지옥에 떨어진 현실에 괴롭기
짝이 없으나, 자기 행동에 후회는 없는 듯 보인다. 그녀는

파올로와 함께 지옥의 폭풍에 이리저리 휩쓸려 떠다니는 벌을
받고 있다. 지옥에서도 함께 있으니 얼마나 행복한가 생각할
수도 있으나, 그녀는 서로를 보며 지난 행복을 떠올리는
것만큼 고통스러운 일도 없다고 말해준다("비참 속에서 행복한
시절을 기억하는 것보다 더 큰 고통은 없다오", 〈지옥〉 5곡
121~122행).

단테는 불륜의 사랑을 지옥에 떨어져 마땅한 죄라고
생각했던 것 같다. 그런데 지금 그녀의 기구한 사랑 이야기를
들으며 반감이 아니라 연민을 품는다. "얼마나 달콤한 생각과
얼마나 큰 욕망"(〈지옥〉 5곡 113행)이 그녀를 지옥으로
떨어지게 했던가 안타까워한다. '달콤함'이란 용어를 쓴
것부터 '달콤하고 새로운 문체(청신체)'의 시인으로서 이미
그녀에게 마음을 열었다는 징표다. 그녀의 사연을 듣던
단테는 끝내 아득한 연민으로 정신을 잃고 지옥의 차디찬
바닥에 쓰러지고 만다. 불륜이 사랑의 극단이듯 그에 대한
연민도 극단으로 치닫고, 냉철한 지성도 극도의 연민은
감당하지 못한다.

정신을 잃은 그의 모습은 어두운 숲을 헤매게 했던, 잠에
취한 상태로 되돌아가는 것이기도 하다. 그래도 지성을
넘어서는 그 연민 앞에서 우리 마음은 뭉클해진다. 단테의
연민이 죄의 판단에서 잠시 한발 물러서는 듯 보일 수 있지만,
결국 지성을 유연하게 열면서 죄에 대한 엄정한 판단을 다시

수행하고 그 완전성을 높이도록 우리를 이끄는 것은
틀림없다. 이로써 단테의 연민은 가장 사적인 감정이면서
가장 공적인 도덕으로 거듭난다(이런 연민에 대해서는 13장
〈고결〉에서 더 자세하게 생각해보자).

　　단테의 연민이 차가운 지옥을 따스하게 물들였듯,
베아트리체의 연민은 지옥을 천국의 기운으로 채운다.
베아트리체는 천국의 축복받은 자리에 있다가 어두운 숲에서
길을 잃고 헤매는 단테를 내려다보고 지옥으로 내려온다.
그리고 베르길리우스를 만나 별처럼 반짝이는 눈물을 흘리며
단테를 구해달라 호소한다. 베르길리우스의 대답은 다음 한
문장으로 압축된다.

　　　　　"더 이상 마음을 여실 것 없소이다."
　　　　(〈지옥〉 2곡 81행)

　　벌 하나 없는 깜깜힌 지옥의 히공을 기르는 그녀의
부드럽고 잔잔한 목소리에 베르길리우스의 마음은
요동친다(〈지옥〉 2곡 52~114행).
　　단테는 축복받은 자리를 뒤로하고 지옥으로 내려간 또
다른 인물로 예수 그리스도를 언급한다. 예수가 인간의 죄를
짊어지고 십자가 위에서 숨을 거둘 때 지옥 전체가 심하게
요동쳤다. 그것은 우주가 느꼈던 예수의 연민을 지옥이

예감했기 때문이다. 예수는 천국에 오르기 전, 의로운
영혼들을 데리러 지옥으로 내려갔다. 이 하강은 지옥에 지진을
일으키고 그 안정된 상태에 균열을 낸다(〈지옥〉 12곡 37~42행;
〈마태오의 복음서〉 27장 51절). 지옥을 돌아보던 단테는 당시
지진의 흔적을 도처에서 발견하고, 연옥과 천국에서도 그에
관한 이야기를 듣는다(〈지옥〉 4곡 52~63행, 21곡 112~114행;
〈연옥〉 21곡 41~75행; 〈천국〉 7곡 48행). 천국의 베아트리체와
예수가 굳이 지옥으로 내려간 행동의 바탕에는 죄를 지은
인간을 향한 연민이 놓여 있다. 그들의 연민이 지옥의 순례자
단테의 마음에 조용히, 깊이 스며 쌓인다.

환대하고 포용하는
우리 시대의 사랑

프란체스카에 대한 연민에 압도되었던 단테의 지성은
이후 제자리를 찾는다. 지옥 순례를 이어가며 그는 죄인들을
냉정하게 비판하고 죄의 원인을 엄정하게 분별한다. 그러나
순례의 저변에 자리하는 연민은 결코 사라진 적이 없다. 이
지점에서 우리는 죽은 아들 예수를 껴안고 슬퍼하는 성모
마리아의 마음이 곧 연민(피에타Pietà)이었음을 되새길 필요가
있다. 성모 마리아는 아들이 왜 죽어야 하는지 이해하지만,

그렇다고 슬픔이 줄어들거나 사라지지는 않는다. 여기에 프란체스카를 향한 단테의 연민을 겹쳐놓는다면 불경한 짓일까. 그 숭고한 슬픔을 지옥의 죄인에게 품는 단테의 모습은 죄와 선의 경계, 지옥과 천국의 경계를 가로지르는 의미를 생각하게 한다(부록〔그림 4〕 참조).

> "육신을 걸치고 이곳까지 오느라
> 너무도 지친 내 영혼을
> 다소나마 위로해주기 바랍니다."

> "마음속에서 나에게 속삭이는 사랑."
> 그때 그가 그리도 달콤하게 시작했는데,
> 그 달콤함은 아직 내 안에서 울린다.
> (〈연옥〉 2곡 109~114행)

단테는 지옥의 어둠을 뚫고 연옥에 도착하자마자 우연히 옛 친구 카셀라의 영혼과 재회한다. 반가운 마음에 그를 껴안으려 하지만 두 팔은 허공을 휘젓기만 한다. 허공이 되어버린 친구와 달리 육신을 지닌 채 내세를 순례하는 중임을 잠깐 잊은 탓이다. 감정의 고통을 겪으며 지옥을 거쳐온 단테를 위로하기 위해 카셀라가 들려주는 감미로운 노래는 다름 아닌 세속의 사랑 노래다. 잃어버린 신의 사랑을 되찾기 위한 성스러운 순례길에서 단테의 마음은 세속적 위안으로 젖어든다. 그렇게 그의 마음을 적셨던 노래는 순례를 끝내고 돌아온 후에도 마음속에서 오랫동안 부드럽게 울린다.

단테의 순례길은 늘 혼자였지만, 마음을 가라앉히고 깊이 성찰하는 고독한 시간이었다. 그러면서도 그는 늘 동반자가 필요했다. 지옥에서는 차가운 바닥에 쓰러져 지옥을 따스하게 만들게 한 프란체스카가 있었고, 연옥에서는 성스러운 순례길에서 세속의 노래로 위로를 준 카셀라가 있었으며, 천국에서는 지옥까지 내려와 눈물을 흘리며 연민을 가르쳐준 베아트리체가 있었다. 단테는 그들을 통해 자기를 들여다보고 세상을 생각했다. 그들은 단테를 이끄는 길잡이였다.

인간의 사랑은 인간을 고귀하게도, 천박하게도 만든다. 선과 행복을 향해 나아가게도 하고, 죄와 불행에 빠뜨리기도 한다. 그러나, 천박한 불행에 빠진 자들을 지옥으로 보내버리면 그만인가. 남은 자들의 고귀한 행복을 보호하기 위해 그들을 눈에 띄지 않게 치워버려야 하는가. 단테의 순례를 처음부터 이끈 사랑, 단테에게 숨을 불어넣어 시를 쓰게 했던 사랑은 고귀한 행복을 만끽하는 자들이 아니라 천박한 불행에 빠진 자들을 향한 연민이었다. 연민은 차별과 배제가 아닌 환대와 포용의 마음이다. 바로 그 마음이 저 높은 천국의 꼭대기에서 단테를 끌어 올리는 것이 아니라 저 낮은 지옥의 밑바닥에서 그를 밀어 올리는 힘이었다.

4

대식

입이 저지르고 입이 해결하는 죄

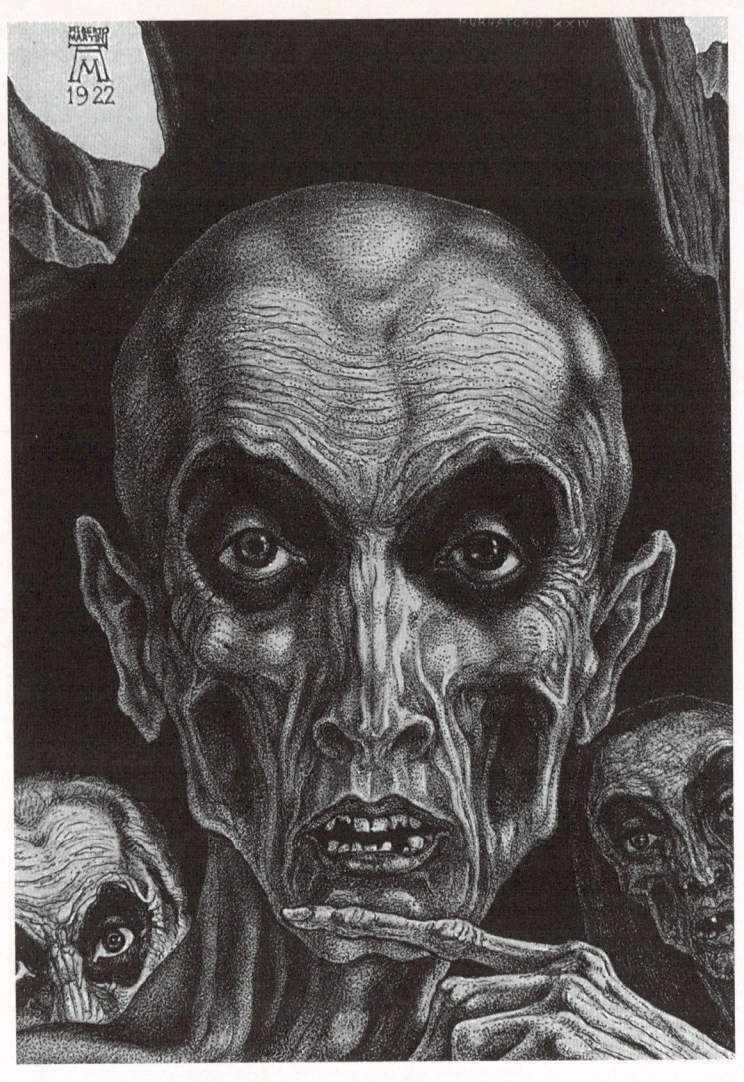

대식의 죄인 포레세

단테가 연옥에서 다시 만난 친구 포레세는
세상에서 지은 대식의 죄를 씻느라 마르고 여위었다.
먹지도, 마시지도 못하는 형벌을 받고 있는 탓이다.
너무나 고통스럽지만, 눈빛은 정죄와 구원을 향한 희망으로
맑기만 하다. 마르티니는 그 메마른 육신의 결을
섬세한 선으로 따라가면서 고통을 견디는 영혼의 품격을
강렬하고도 처연하게 새겨 넣는다.

대식의 죄인들이
진흙탕에서 뒹굴다

단테가 지옥에서 두 번째로 만난 죄인들은 살아서
배 터지게 먹고 마시던 자들이었다. 먹방이 낯설지 않은 요즘
세상에서 간담이 서늘해질 사람들이 많을 테지만, 미식가까지
걱정할 일은 아니다. 대식가는 맛을 즐기는 사람이 아니라
식탐을 조절하지 못해 지나치게 먹어대는 사람을 가리킨다.

나는 셋째 고리에 있다. 무겁고 차가운,
저주받은 영겁의 비, 규칙과 성격이
결코 새로워지지 않는 비가 내린다.

거대한 우박과 구정물, 그리고 눈이
어두운 하늘에서 쏟아져 내리고
이를 받아들이는 대지는 악취를 뿜어낸다.
(〈지옥〉 6곡 7~12행)

단테는 지옥의 셋째 고리에 내려가 영원토록 변함없이
쏟아지는 비, 우박, 구정물, 눈을 받아먹으며 그 모든 것이
뒤섞인 진흙탕에서 처절하게 뒹구는 대식가들을 발견한다.
오로지 먹기만 하다가 세상을 떠난 자들이다. 뱀 껍질에
머리가 셋 달린 개 케르베루스가 사납게 짖어대며 세 개의
아가리로 이들을 물어뜯고 찢어발긴다. 세상에서 음식을
게걸스레 입에 처넣었던 자들의 거친 동작이 케르베루스에게
고스란히 옮겨지고 있다. 이제 케르베루스는 대식의 상징이
되어, 일찍이 대식가였던 이들을 자기 대식의 제물로 만든다.
　케르베루스와 똑같이 개처럼 울부짖는 이들의 몸이
찢겨나가고 피가 튄다. 쏟아지는 눈비를 받아먹고, 평생
퍼먹었던 음식까지 토하고 배설하여, 진흙탕은 참을 수 없는
악취를 풍긴다. 곤죽이 된 이들의 몸은 진흙탕과 구분되지
않아 세상에서 뱃속에 쏟아부었던 음식과 비슷한 상태가
된다. 살아 있을 적에 누렸던 포만의 즐거움이 사실은 짐승의
속성이었음을 다른 세상에서 절실하게 깨닫는 중이다.
　음식을 섭취해 소화하고 필요 영양소를 흡수한 뒤

찌꺼기를 배출하는 대사代謝의 흐름은 몸을 지탱하는 기본이다.
순환이 원활할 때 우리는 상쾌함을 느끼지만, 대식은 이 질서를
무너뜨린다. 대식가들이 벌을 받는 현장은 바로 망가진 몸 상태
그 자체다. 그 속에서 인간의 고귀함은 전혀 찾아볼 수 없다.

인간의 고귀함은 지성과 윤리로 완성되지만, 출발점은
생명을 시작하고 유지하는 몸이다. 그러나 몸이 맛의 노예가
될수록 마음은 빈곤해지고, 식탐이 커질수록 영혼은 신에게서
멀어진다. 살면서 더 관심을 두고 실천해야 할 문제에 앞서
먹는 일에 급급하다면, 그로 인해 세상과 적절한 관계를 맺지
못한다면, 인간의 고귀함은 허물어질 수밖에 없다.

음식은 입으로 들어가고
말은 입에서 나온다

단테가 지옥의 대식가들 사이에서 찾아낸 차코Ciacco는
피렌체의 부유한 은행가였다. 너무 많이 먹고 마셔서 실명했고,
돈도 셀 수가 없어 멸시를 당했다고 한다. 돼지를 뜻하는
'차코'라는 이름은 경멸의 뜻이 담긴 별명이었을 가능성이
크다. 차코는 생전에 살았던 피렌체를 "평온한 생활"(〈지옥〉
6곡 51행)이나 "달콤한 세상"(〈지옥〉 6곡 88행)이라 부른다.
끔찍한 지옥에 비하면 생전의 삶은 과거에 어떠했든 평온하고

케르베루스

대식의 죄인들이 영원토록 변함없이 쏟아지는
구정물을 받아먹으며, 생전에 퍼먹었던 음식을 토하고 배설해
악취로 가득한 진흙탕에서 뒹군다. 머리가 셋 달린
케르베루스가 세 개의 아가리로 이들을 갈기갈기 찢어발긴다.
마르티니는 그 쩍 벌린 입과 날카로운 이빨, 검은 목구멍,
야윈 팔다리와 부푼 뱃가죽을 잔혹하리만큼
정밀하게 그렸다.

달콤하지 않을 수 없다. 그러나 아무리 그리워해도, 지금 당하고 있는 지옥의 고통에서 빠져나갈 가능성은 영원히 없다.

한편, 연옥에도 대식의 죄인들이 등장하지만, 그들이 겪는 고통은 지옥의 대식가들과 뚜렷이 다르다. 지옥과 연옥은 생명의 기본인 물부터 성질이 다르다. 지옥의 물은 더러운 진흙탕을 만드는 반면, 연옥의 물은 향기롭고 깨끗하게 흘러내린다. 그러나 지옥의 대식가들은 진흙탕을 채운 구정물과 배설물을 들이켜야 하고, 연옥의 대식가들은 시원한 물과 잘 익은 과일을 눈앞에 두고도 먹지 못한다. 한쪽은 너무 먹어야 하고, 한쪽은 너무 못 먹는다.

상반된 형벌을 받는 그들의 공통점이라면 입을 말하는 데도 사용한다는 점이다. 지옥의 대식가들은 세상의 정치를 말하고 연옥의 대식가들은 문학을 말한다. 모름지기 정치가와 시인은 말을 절제하고 세련해야 한다. 정치는 세상을 말로 설득하고 조정하는 기술이 필요하고, 문학은 말로 세상을 묘시히고 소통하기 때문이다. 입은 음식을 받아들여 내식의 죄를 저지르지만, 또한 말을 내보내 좋은 공동체를 도모한다. 지옥과 연옥의 대식가들은 먹는 데나 사용했던 입을 이제는 정치와 문학을 말하는 데 사용하면서, 잘못 살았던 세상의 경력을 고쳐보려고 한다. 물론 지옥에서는 다 소용없는 짓이다. 그나마 연옥은 죄를 씻는 곳이라 다르다. 같은 대식가라도 연옥에 갈 정도는 돼야 한다.

끝이 보이지 않는
허기진 목구멍

연옥의 대식가들은 너무 못 먹어 뼈에 가죽만 걸친 채 굶주림에 시달린다. 그들의 눈은 움푹 파이고 그늘이 드리워졌으며, 얼굴은 말라서 뼈가 살갗을 뚫고 나올 정도다(〈연옥〉 23곡 22~27행). 그들은 헛되이 욕심내는 어린애들처럼 나무 높이 주렁주렁 달린 과일을 올려다보며 손을 쳐들고 외치기나 할 뿐, 따먹지를 못한다(〈연옥〉 24곡 100~111행). 그래도 연옥은 언젠가는 천국으로 오르는 희망의 장소다. 그렇기에 그들은 고통을 참아낼 이유가 있고, 고통을 위안으로 느낀다.

하지만 우리 시대 지구 곳곳에서 뼈와 가죽만 남은 아이들 사진을 보면, 그들이 연옥의 영혼들처럼 고통을 참고 참아 마침내는 천국으로 향하고 있다는 생각은 도무지 들지 않는다. 멀리 갈 것도 없다. 우리 주변에도 끼니를 거르는 노인, 아이, 노숙자 들이 있다. 이들은 진흙탕을 짐승처럼 뒹구는 지옥의 형벌, 굶주림에 말라비틀어지는 연옥의 형벌을 동시에 받고 있다. 이번 생은 이렇게만 이어지다 끝나고 말 것이다.

기아는 지금 우리에게 닥친 긴급한 문제다. 그 원인은 부패한 정치와 기후 변화다. 부패한 정치는 폭식하는 소수와 굶주리는 다수를 더욱 뚜렷이 가르고, 기후 변화는 이미 골이 깊은 양극화 문제를 더욱 악화한다. 기후 위기에 대응하는 재정, 자원, 역량이 부족한 나라는 정치 부재로 부패와 폭력에 휩싸이고, 거기서 오는 피해는 고스란히 기후 난민이라는 이름으로 되돌아온다. 단순한 식량 증산보다 기후 변화에 단호하게 대처하는 정의로운 정치적 역량이야말로 기아 문제를 해결하는 열쇠다.

공동체의 분열과 정치의 실종은 기본적으로 더 많이 소유하려는 대식의 욕망에서 기인한다. 권력과 자본, 자원을 독점하려는 탐욕 말이다. 단테는 이 욕망을, 양껏 먹고 나서 오히려 전보다 더 큰 허기를 느끼는 암늑대의 목구멍으로 묘사한다(〈지옥〉 1곡 97~99행). 굶주린 아이의 목구멍과 극적으로 대조되는, 끝이 보이지 않는 그 시커먼 목구멍!

나눌수록 커지는 천국의 원리

몸은 인간 존엄성의 근본이다. 생명을 유지할 뿐 아니라 생명 그 자체이기 때문이다. 흔히 몸이 영혼을 담는 그릇이라 말하지만, 그런 비유는 몸의 의미를 축소한다. 단테는 생명이란 영혼이 몸 밖에서 들어와 이루어지는 것이 아니라 몸의 내부에서 시작되고 유지된다고 강조한다(〈연옥〉 25곡).

이는 창조론에 위배되는 주장이 아니다. 왜냐하면 몸은 일단 창조된 이후, 내부에서 이루어지는 신진대사를 통해 스스로 생명을 지속시키기 때문이다. 인간은 영혼이나 지성보다 먼저 몸으로 형성된다.

단테는 대식의 죄를 개인 차원의 탐욕이나 부절제가 아니라, 인간이 인간답게 살기 위해 필요한 시민적 참여와 책임 의식 결여를 은유하는 표현으로 내세운다. 절제, 균형, 조화를 어지럽히는 "목구멍의 죄"(〈지옥〉 6곡 53행)를 공적 차원으로 확대하여 적용한다. 대식의 죄인들이 뒹구는 진흙탕도 부패한 사회의 은유다. 그렇게 보면 요즘 유행하는 먹방은 단순한 오락이나 재미에 그치지 않고 기만의 죄에 속한다고 할 수도 있다. 보는 사람들에게 '대식'의 욕망을 조장하기 때문이다.

대식은 몸과 생명, 마음의 항상적 질서를 무너뜨린다. 지옥의 셋째 고리에서 대식의 죄인들이 벌을 받는 장면은 바로 그 망가진 질서를 육체적으로 재현한다. 그들은 순수한 죽음에 이르지 못하고 처절한 생존의 진흙탕 속에서 영원히 몸부림쳐야 한다. 그들의 무질서한 몸이 한순간도 변함없이 이어지듯, 우리 사회가 그 무질서한 상태 그대로 영원히 지속된다고 상상해보라.

단테는 대식의 죄를 통해 몸이라는 가장 원초적인 차원에서부터 사회라는 가장 복합적인 질서에 이르기까지

최적의 상태를 염원한다. 대식은 최적의 질서를 거부하고
파괴하는 죄이며, 그 점에서 개인의 존엄성과 사회의
공동체성을 위협하는 가장 큰 적의 은유로 남는다.

　이런 사회적 통찰은 단테가 연옥에서 만난 한 영혼의
진술에서도 강하게 드러난다.

> "오, 인간 족속이여, 공유의 금지가
> 당연한 곳에 어찌하여 마음을 두는가?"
> (〈연옥〉 14곡 86~87행)

　공유란 사회의 한정된 재화와 용역을 함께 누린다는
의미다. 자본과 노동 같은 기본 토대부터 병원, 철도, 공원,
도서관과 같은 공공시설, 그리고 그에 관련된 공무 행위까지
포함한다. 공유가 이루어지지 않으면 재화와 용역은 한
곳으로 집중되어 지식과 부와 권력이 편중된다. 위
인용문에서 영혼이 말하는 "공유의 금지가 낭연한 곳"은
다른 사람과 재화와 용역을 나누지 못하는 사회, 공공성이
무너진 사회를 가리킨다. 영혼은 그런 사회에 미련을 두지
말라고 경고하면서, 그런 편중된 가치관에 속박된 사람들을
질타하고 있다. 지식과 부와 권력을 독점하려는 인간의
본성은 버리기 힘들지만, 우리는 공유가 이루어지지 않는
사회를 바로잡으려는 마음을 견지해야 한다. 이런 면에서

단테를 향한 베르길리우스의 다음 발언은 우리 귀에도
솔깃하다.

"너희의 욕망은 함께 나눠서
몫이 줄어드는 곳에 초점을 맞추니,
질투는 호흡하는 바람통을 움직인다.

그러나 최고 천구天球의 사랑이
너희의 욕망을 위로 들어 올린다면,
가슴에 그런 두려움은 없을 것이다.

'우리 것'이라 말하는 사람이 많아질수록
각자가 갖는 선도 더 많아지고
저 수도원에서 자비가 더 타오를 테니."
(〈연옥〉 15곡 49~57행)

베르길리우스의 발언에 비춰볼 때, 단테가 말하는
"공유"는 共有보다는 公有에 더 가까운 것 같다. 共有가
공동으로 '소유한다'는 의미라면, 公有는 공동으로 '누린다'는
의미다. 이를테면 共有가 부모의 상속 재산을 자식들이
공동으로 소유함을 말한다면, 公有는 누구에게도 전속되지
않은 자연환경이나 공공 자원을 모두가 함께 누리는 것을

말한다. 共有가 재화를 나누는 행위에 가치를 두는
개념이라면, 公有는 재화를 누리는 일에 더 큰 의미를
부여하는 개념이다. 혼자 다 쓰고 막 쓰면 다른 사람은 누리지
못한다. 그런 면에서 단테가 생각하는 공유는 남을 이롭게
하는 정의의 실천과도 깊이 닿아 있다.

　세상의 한정된 재화는 나누면 나눌수록 줄어든다. 인간의
욕망은 나눌수록 줄어드는 자기 몫에 집착하기 때문에, 더
많이 차지한 누군가를 질투할 수밖에 없다. 욕망과 질투는
암늑대의 허기진 목구멍처럼 결코 채워지지 않기에, 더 많은
몫을 차지하기 위한 폭력과 대립을 부르기 마련이다.

　이와 반대로 천국("수도원")의 재화는 나누면 나눌수록
늘어나는 사랑과 같다. 누구도 더 많은 몫을 차지할 수 없고,
자기 몫에 집착할 필요도 없다. 서로 주고받는 관계 속에서
각자의 몫이 증식되는 것이 사랑의 본성이기 때문에, 거기서
생겨나는 욕망은 질투를 일으키지 않는다. 천국은 사랑을
불려나가고, 지옥은 질투를 불려나간다. 우리 인간이 닮아야
할 곳이 어디인지는 자명하다. 공유의 적절한 실천은 나눔의
즐거움을 이 세상에서 실현하고 누리는 일이다. 이것이
단테가 생각하는 공유, 천국의 다이어트다.

의로운 일에 굶주리기

　　나눌수록 늘어나는 공유의 이치를 우리는 어떻게 구현할
수 있을까. 2011년, 미국의 시사 주간지《타임》은 공유 경제
개념을 '세상을 바꾸는 10가지 아이디어' 중 하나로 꼽았다.
이후 다양한 플랫폼 기업이 번창했지만, 한계와 부작용도
적지 않았다. 단테가 말하는 공유는 공유 경제와 닮은 듯
보이지만 분명히 다르다. 공유 경제는 과잉 생산, 과다 축적된
재화를 나누어 사적으로 소유하자는 쪽인 반면, 단테의
공유는 부족한 재화를 함께 나누며 함께 누리자는 쪽이다.
전자는 개인이나 사회가 이미 소유한 부의 나눔을, 후자는
처음부터 공동으로 소유한 부의 나눔을 목표로 한다. 따라서
단테의 공유 개념은 소유 개념을 크게 제한하고 공공성을
더욱 확장하는 내용을 담고 있다.

　　연옥에서 대식의 죄를 씻고 천국에 오를 자격을 얻은
영혼들에게 천사의 말이 들려온다.

> 은총의 빛을 받는 자는
> 행복하나니, 그만큼 맛을 사랑함이
> 가슴에 과도한 욕망을 불사르지 않고,
> 언제나 의로운 일에 굶주리니.
> 〈〈연옥〉 24곡 151~154행)

　　대식가들이 먹고 또 먹어도 배가 부르지 않아 지옥에
처박혔다면, 천국의 다이어트는 기분 좋은 포만감을 준다.
천국의 포만감은 원활한 대사 과정을 통해 몸을 항상 최적의
상태로 유지하려는 생명의 느낌이다. 지나치게 먹어 비만과
질병에 찌든 몸이 독점과 불평등, 분열과 탐욕에 만성적으로
시달리는 잘못된 세상을 닮았다면, 항상 최적의 상태를
지향하는 건강한 몸은 공유와 정의의 공동체를 향해
나아가고자 하는 올바른 의지를 낳는다. 대식을 권하는
먹방의 포로가 되어 삶을 포기할 것인가, 아니면 의로운 일에
굶주리는 천국의 다이어트로 삶을 도모할 것인가. 선택이
어려운가. 설사 의로운 만큼 굶주린다 해도, 대식의 죄를 짓지
않게 되니 분명 행복하지 않겠는가. 연옥에서 대식의 죄를
씻어낸 영혼들에게 천사가 들려주는 축복의 말씀을 꼭꼭
씹어먹는 것만으로도 충분하지 않을까.

5

분노

분노의 연기를 가르고 평화의 빛으로

성 베드로의 정의로운 분노
단테가 천국에서 만난 성 베드로는 굳건한 신앙을
더럽히고 사제의 막중한 책무를 저버린 교황 보니파시오
8세에게 맹렬한 분노를 터뜨린다. 마르티니는
"나의 자리를 세상에서 찬탈하는 자"라는 베드로의
목소리를 삽화 아래에 적었다. 천국의 분노는
모순이 아니다. 죄를 미워하되 영혼을 구하려는
정의로 타오르는 분노다.

올바르게 분노하는 자,
올바른 분노를 잊은 자

지옥 순례를 이어가던 단테와 베르길리우스 앞을 진흙
수렁이 가로막는다. 둘이서 뱃사공 플레기아스의 배를 타고
수렁을 건너는 도중에 그 속에 잠겨 있던 망령 하나가 나타나
단테에게 말을 건다. 정체를 묻는 단테에게 그는 그저
"우는 자"(〈지옥〉 8곡 36행)라고만 밝히는데, 그 말 한마디에
세상과 자신을 향한 주체할 수 없는 분노가 서려 있다. 그는
세상에서 권력을 틀어쥐고 마음껏 휘두르며 분노의 정치를
펼쳤고 단테 추방에도 앞장섰던 필리포 아르젠티. 이제는
지옥에 떨어져 있건만 죄를 숨기려는 그의 교만하고 위선에 찬
모습에 단테는 정당한 분노를 터뜨린다(부록 〔그림 5〕 참조).

내가 그에게 외치길, "저주받은 영혼아,

눈물과 비탄에 잠겨 있어라!

아무리 더러워졌어도 내 너를 알아보겠다."

그러자 그가 배를 향해 두 손을 뻗었는데,

스승이 알아채고 밀쳐내며 말했다.

"다른 개들에게 꺼져버려라!

(…)

저 위에서는 스스로 위대한 왕으로 여기지만,

여기서는 진흙탕 돼지처럼 뒹굴며

메스꺼운 경멸만 남길 자가 얼마나 많을지!"

(〈지옥〉 8곡 35~51행)

　　단테는 분노를 터뜨려서 필리포에게 굴욕감을 안겨주고,
자신의 처지를 분명히 깨닫게 해준다. 단테의 말이 얼마나
신랄했던지 필리포는 배를 뒤집으려 버둥거린다. 그는 죄가
드러났음에도 인정하지 않고, 당황스러움을 교만과 분노로
덧칠하고 있다. 좋았던 지난 세상을 지옥 수렁에 빠져 있는
비참한 처지에서 기억도 하기 싫고, 배를 타고 안전하게
수렁을 건너는 단테를 질투하는 마음도 작지 않으리라.
　　베르길리우스는 그런 그를 개돼지 취급하며 밀쳐내고,
단테도 그가 학대와 수모를 당하기를 간절히 바란다. 곧바로

수렁 속 다른 망령들이 그를 끌어내리며 괴롭히고, 그는 미친
듯 제 몸을 물어뜯으며 자해한다. 이를 바라보는 단테와
베르길리우스는 정의가 실현되는 기쁨을 맛본다. 무척
생생하고 극적인 장면 묘사가 돋보인다(〈지옥〉 8곡 58~66행).

순례길 내내 단테가 이렇게 격렬한 감정을 직접 드러내는
장면은 이때가 유일하다. 단테의 분노에는 죄에 대한 경멸,
안타까움, 괴로움이 뒤섞였고, 필리포의 분노에는 자신의
죄를 깨닫지 못하는 교만과 질투가 엇섞여 있다.
아리스토텔레스는 분노를 세 유형으로 분류하는데, 그에
따르면 단테는 분노를 절제하고 필리포는 지나치게 분노한다.
절제하는 사람은 분노해야 할 상황에서 적절하게 분노하는
반면, 지나친 사람은 분노하지 않아야 할 상황에서 과도하게
분노한다. 분노해야 할 일에 분노하지 않는 사람도 있다.
고통에 둔감하고, 분노할 줄도 몰라서 자신을 방어할 능력도
없는, 비겁한 노예 같은 사람이다(아리스토텔레스, 《니코마코스
윤리학》 4.5. 1125b 31~1126a 14). 첫 번째 경우인 절제된 분노는
이성적 조절에서 나오기 때문에, 세 번째 경우인 분노할 줄
모르는 사람에 살짝 가까워 보일 수도 있다. 복수보다는
용서로 기운다는 말이다. 그러나 둘은 분명히 다르다.

지옥의 거의 모든 죄인과 악마는 언제나 분노에 휩싸여
있다. 분노해야 할 것과 분노하지 말아야 할 것을 구분하는
평정된 이성이 없는 탓이다(림보에 있는 이성과 절제의 상징인

현자들은 예외인데, 그들은 지옥답지 않은 풋풋한 풀밭에서 지옥의
죄인답지 않게 고통 없이 지낸다.〈지옥〉4곡). 조절된 분노는
이성에서 나온다. 반면, 지나친 분노와 모자란 분노는 이성의
결여에서 나온다. 모자란 분노는 무관심까지 갖춘다. 엄밀히
보아 무관심은 이성 활동에서 벗어난 상태라는 뜻이다.

　　분노가 모자란 상태는 삶에 둔감하다는 징후다. 반면,
분노는 개인을 향하든 사회를 향하든 부당함을 느낀다는
신호다. 분노는 일정 정도를 넘는 부당한 대우나 위해를
받았다고 판단할 때 일어나는 증오의 감정이자 복수의
욕망이다. 분노가 치밀면 무조건 누르기보다는 그 모습을
찬찬히 들여다봐야 한다. 그래야 그 분노가 어디서, 왜, 어느
정도로 나왔는지, 분노를 이어가야 할지 눌러야 할지를
분간할 수 있다. 그러므로 분노가 아예 없는 상태가 언제나
좋은 것은 아니다. 일부 정치인들의 왜곡된 역사관이나
무분별한 발언, 기득권층의 뿌리 깊은 차별 의식 같은 것을
'그럴 수도 있다'라는 식으로 넘어가면 분노는 생기지 않는다.
절대 분노하지 않는 사람, 분노를 애써 외면하는 사람은
인간적인 삶에 관심이 없다.

　　분노 자체는 죄가 아니다. 정확히 말해, '어떻게'
분노하느냐에 따라 죄가 되기도 하고 정의가 되기도
한다(바로 그래서 단테는 분노를 부절제에서 나오는 죄로
분류한다). 절제된 분노는 지나친 분노와 모자란 분노 사이의

중용이라 할 수 있다. 단테는 "곧은 열의"(〈연옥〉 8곡 83행)와
"잘못된 분노"(〈연옥〉 17곡 69행)를 구분한다. 고대 철학자
세네카가《화에 대하여》에서 분노 자체를 비난하는 반면,
단테는 분노가 이성을 위반하거나 정의감을 동반하지 않을
때만 비난한다.

　　신중하게 올바른 길을 가려는 사람은 대체로 인기를 얻기
힘들다. 세상은 흔히 벌컥벌컥 화내는 사람을 남성답고
지도자답다고 추어올리고, 용서보다 복수가 더 인간적인
감정이라고 여기기도 한다. 올바른 길은 언제나 외롭고
어려운 법이다. 의로운 분노가 하느님의 것인 이유다. 하지만
인간으로서 배우고 익혀야 할 자세임은 틀림없다.

분노의 연기를 뚫는
지성의 밝은 빛

　　걸핏하면 화부터 난다. 화가 나는지도 모르면서 화가
나고, 무료해서 화가 나고(자기가 쓸모없다고 느낄 때다),
화를 내야 속이 풀리고, 화내는 사람을 보면 못마땅해서 괜히
또 화가 난다. 화가 나는 이유는 사람 수만큼 다양하다.
분노는 필요 이상의 지나친 감정이지만, 누구나 흔하고 쉽게
겪는 감정이기도 하다. 우리는 감정을 필요한 만큼만

유지하기 어려운 시대, 분노가 일상이 된 시대를 살고 있다.

내면을 장악한 분노는 다루기 힘들고, 아무것도 볼 수 없게 만든다. 지옥에서 빠져나와 연옥에 도착한 단테는 분노의 죄를 씻는 영혼들과 함께 밀려드는 연기에 에워싸인다. 연기가 얼마나 자욱한지, 한 줄기 별빛도 없는 지옥의 어두운 밤도 그만하지는 않으리라 생각한다.

> 지옥의 어둠이라도, 또는 구름으로
> 더할 수 없이 어둠침침해진,
> 불모의 하늘 아래, 모든 별이 제거된 밤이라도,
>
> 거기서 우리를 덮었던 저 연기처럼,
> 내 시야에 그리도 두꺼운 장막을 치거나
> 그리도 빽빽한 털가죽을 느끼게 하진 않았기에,
> 나는 눈을 뜨고 있지 못할 만큼 힘들었다.
> (〈연옥〉 16곡 1~7행)

지옥의 죄인들이 "무기력한 연기"(〈지옥〉 7곡 123행)를 안으로 품고 있다가 세상에서 분노를 참지 못한 죄를 끝없이 반복하며 자신과 상대를 물어뜯는다면, 연옥의 영혼들은 시야를 가리는 연기를 헤치고 나아가며 분노의 죄를 씻어낸다. 자욱한 연기는 이성과 통찰의 부재를 상기시킨다.

이들은 "연기를 뚫고 하얗게 비추는 밝은 빛"(〈연옥〉 16곡
142~143행)을 하루빨리 마주하여 이성과 통찰을 찾기를
바란다. 단테는 이들과 더불어 빽빽한 연기를 가르며
나아가다가 어디선가 들려오는 천사의 외침을 듣는다.

"평화를 위하여 일하는 자는
행복하다. 잘못된 분노가 없으니!"
〈연옥〉 17곡 67~69행)

　천사가 말하는 "잘못된 분노"란 분노할 일이 아닌데도
분노를 다스리지 못해 분노를 키우거나, 분노할 일인지
아닌지도 모르고 바보 취급을 당하는 경우를 말한다. 이와
달리, 연옥에서 분노의 죄를 씻는 영혼들은 눈앞의 일이 당연히
분노해야 할 일인지 스스로 판단력을 키우며 분노를 조절해
보려 한다. 이렇게 그들은 천국의 온유한 분노를 배우는
중이다. 지나치거나 모자란 분노가 쉽게 생겨났다 사라지기를
반복하는 반면, 온유한 분노는 분노를 일정한 계획과 의도에
따라 조절하여 행동의 동력으로 삼는 능력이 된다.
　분노가 치밀면 혈압이 상승하고 조절력을 상실한다. 걱정,
불안, 질투, 두려움이 밀려오고, 두통과 함께 우울과 원한의
감정이 솟구친다. 이를 인내하고 절제하며 평정을 되찾기란
쉽지 않다. 분노는 앞이 보이지 않는 자욱한 연기처럼, 아무리

해도 풀리지 않는 매듭처럼 우리를 짓누른다. 이 연기를
걷어내지 못하고 매듭을 풀지 못하면 분노는 화병이 된다.

개인만 그런 것이 아니고 사회도 그럴 수 있다. 정의를
조롱하고, 기득권 세력이 나머지를 업신여기는 사회는 집단적
화병에 걸리기 쉽다. 양극화가 낳은 불공정과 부패에
휘둘리고, 혹세무민의 언행에 선동당하는 이들은 부정의의
흐름에 흡수되어 똑같이 부정한 삶을 살다가 절망에 빠지고
만다. 문득 이런 현실을 자각할 때마다 참을 수 없는 분노를
느끼지만, 반대로 무기력하게 주저앉기도 하고 때로는 폭력과
자살로 치닫는다.

의로운 분노는 그런 화병을 이겨내는 힘에서 나온다.
인내와 절제, 평정을 기반으로 발휘하는 분노는 개인의 자기
수양과 함께, 또 그보다 더 중요하게, 제도와 법을 바로
세우는 공적 실천으로 이어질 때 진정한 힘을 발휘한다.
의로운 분노는 이미 인내에서 나왔기에 인내의 대상이
아니다. 격렬하게 터뜨려야 한다. 그러나 절제와 평정은
언제라도 요구된다. 의로운 분노는 절제되기 마련이고,
절제된 분노는 의롭기 마련이다.

단테가 연옥의 연기 속에서 마주친 마르코 롬바르도는
세상에서 분노의 죄를 짓지 않았지만 지금 분노의 죄인들과
함께 분노의 죄를 씻고 있다. 마르코는 이탈리아 북부의
롬바르디아 지방에서 여러 군주의 조언가와 외교관으로

활동했고, 완고하면서도 관대한 성품과 현명한 지성의
소유자였다는 정도로만 알려져 있다. 단테는 그의 분노를
말하는 대신, 인간의 의지와 실천, 교회와 제국의 관계와 같은
중요한 주제를 논의하는 지성적 대화의 상대자로 삼는다.
분노로 가득 찬 시대와 사회에서 살면서 조절되지 않은
분노가 정의와 양심을 오염시킨 현실을 정확하게 인지했고,
법과 제도의 정비, 지도자의 올바른 통치, 시민의 능동적
참여와 같은 공적 해결을 도모했던 양심적 지식인의 역할을
부여한다.

　　마르코가 들려주는 긴 이야기(〈연옥〉 16곡 16~145행)는
분노에 휩싸인 사회에 평화와 지성으로 대처하려는 공동의
책임 의식을 보여준다. 자기만큼은 평화롭게 살았다고
발뺌하는 대신 자기가 속한 공동체의 안녕을 위해 분노의
자욱한 연기를 함께 헤쳐 나가는 시민의 모범이다. 단테 역시
그런 시민이 되고자 했으니, 마르코를 자신의 분신처럼
여겼던 것 같다.

부패를 지탄하는
천국의 붉은 분노

연옥에서 분노의 연기를 헤치고 얽힌 매듭을 풀어나간

끝에 단테는 마침내 눈부신 빛이 쏟아지는 천국에 오른다.
그런데 그 앞에 나타난 성 베드로가 뜻밖의 모습을 보인다. 성
베드로는 연옥의 영혼들이 간절히 염원했던 평화의 하얀 빛을
지옥을 향한 분노로 붉게 물들인다.

"내가 색깔을 바꾸어도
너는 놀라지 마라, 내가 말하는 동안,
그들 모두가 색을 바꾸는 걸 볼 테니.

하느님의 아들 계신 곳에 비어 있는
나의 자리, 나의 자리, 나의 자리를
세상에서 찬탈하는 자가

나의 무덤을 피와 악취의 시궁창으로
만들었으니, 여기 위에서 떨어진
타락한 자가 위안으로 삼는구나."
(〈천국〉 27곡 19~27행)

　　베드로가 자기 자리를 "찬탈하는 자"라며 격렬하게
비난하는 사람은 정당하지 못한 방법으로 교황 자리를 차지한
보니파시오 8세(〈지옥〉 19곡 52~57행)라고 보는 해석이
일반적이다. 베드로가 묘사하는, 시궁창으로 흘러내린 피와

악취는 교황이 획책한 분열과 음모를 가리킨다. "찬탈", "피", "악취", "시궁창"과 같은 자극적인 단어들은 베드로에도, 천국에도 어울리지 않는다. 그러나 천국의 베드로는 지금 단테 앞에서 의도적으로 그런 용어들을 사용하며 언성을 높이고 있다. 베드로의 붉은 분노는 주위에 있던 야고보, 요한, 아담 그리고 베아트리체("그들 모두")의 영혼도 붉게 물들인다(부록〔그림 6〕참조).

베드로는 "나의 자리"를 세 번 반복하면서 발언을 더욱 극적으로 만든다. "하느님의 아들 계신 곳"이나 "나(베드로)의 무덤"은 그리스도교의 중심지이고 베드로의 순교지인 교황청을 가리킨다. 따라서 "나의 자리"는 교회의 진정한 가치와 역할을 뜻한다. 교황이 자기 역할을 제대로 하지 못하는 이상, 그 자리는 비어 있는 것이나 다름없다. 교황의 부패와 배임은 천국에서 쫓겨나 지옥에 처박힌 지옥의 마왕 루치페로("타락한 자")가 그나마 자기가 낫다고 할 만큼 끝도 없이 비열하고 비루하다.

이미 지옥에 떨어진 보니파시오 8세에게 퍼붓는 베드로의 분노에는 단순한 비난을 넘어 지옥의 죄인들을 향한 깊은 관심과 염려가 담겨 있다. 그런 마음이 없다면 천국에 어울리지 않게 낯빛과 목소리를 바꿔가며 분노를 표출할 필요가 없을 것이다. 베드로는 자신이 왜 분노하는지, 어떻게 분노해야 하는지 잘 알고 있다. 분노가 분노를 낳는 분노의

수렁 속에 빠져들지 않으면서 "평화를 위하여 일하는 자"의
역할을 제대로 수행하고 있다. 그렇기에 그의 분노는 온유한
분노다. 다만 지금 그 온유한 분노는 모자란 분노보다는
지나친 분노 쪽으로 살짝 기울어져 있다. 그래서 통쾌하다.

정당한 분노는
평화로 뻗어나가는 길이다

분노는 분노를 먹고 산다. 그러한 자기 증식의 궤도에서
성찰과 절제는 영원히 결여된다. 불의, 강요, 차별, 갑질,
왕따, 불공정, 양극화, 부패는 진흙 수렁처럼 우리를
빨아들이고 가둬버린다. 그 진흙에서 자신을 분리하는 데
실패하면 진흙 같은 삶을 살아가게 된다. 이런 상황을 자각할
때 주변과 자신에 대한 참을 수 없는 분노가 치밀어 올라
절망하고 자살하며, 폭력을 휘두르고 사기를 친다. 그러나
우리는 그 분노에 대해 분노해야 한다. 이는 분노의 수렁에
빠지는 대신, 헤쳐 나갈 수 있는 연기, 풀 수 있는 매듭으로
분노를 대하는 평화로운 일이다.

연기를 헤치고 매듭을 풀어나가는 길에서 우리는 평화의
빛을 만난다. 그 천국의 평화를 향해 올바로 뻗은 길은
지나치거나 치우친 행보를 조절하면서, 성찰과 선택으로

만들어진다. 원래부터 올바르게 나 있는 길이란 없다. 과대와 과소의 극단에 휩쓸리지 않는 중용의 능력이 올바른 길을 만들어준다. 단테는 철학서 《향연》에서 이 최적화의 능력을 "세상의 악에 맞서 분노와 지나친 인내를 조절하는 온유함"(4권 17장 5절)이라 부른다. 분노가 세상의 악에 대한 정당한 반응에서 나왔어도, 그 분노를 어떻게 다루어야 할지 생각해야 하고 필요할 때 필요한 만큼 터뜨려야 한다는 뜻이다. 평정과 절제가 지나친 분노와 지나친 인내를 조절한다. 이것이 베드로의 붉게 상기된 얼굴에서 단테가 찾아낸 천국의 분노, 조절되어 온유한 분노다.

6

폭력

지옥의 폭력은 가깝고 천국의 의지는 멀기만 한데

자살자들의 숲과 동성애자들의 모래밭

굶주려 푸르뎅뎅한 사람 얼굴을 한 새, 하르퓌이아들이
뜯어먹은 나뭇가지에는 잎이 하나도 남지 않았다.
그 앙상한 나무는 자살자의 영혼을 가둔 육체이자, 그들이
겪었던 비루하고 폭력적인 삶의 흔적이다. 자살자들의 숲을
지나 붉은 물이 흐르는 개울을 건너면, 동성애자와
고리대금업자들이 불타는 모래밭에서 고통으로 몸부림친다.
지옥의 어두운 허공에 흩뿌려진 점들은 희망의 별이 아니라
죄인들을 태우는 영겁의 불덩이들이다.

펄펄 끓는
핏물에 잠긴 폭력배들

언어폭력, 감정 폭력, 아동 폭력, 여성 폭력, 교제 폭력,
학교 폭력, 성폭력, 혐오 폭력, 갑질 폭력, 인종 폭력, 소수자
폭력, 국가 폭력……. 대상과 장소, 방식과 상황을 가리지
않고 폭력은 나양한 모습으로 우리를 습격하고 있다.
소설하기 힘든 울분과 파괴의 충동, 광기 어린 질투와 지배의
욕망이 우리를 날뛰게 만든다. 카인의 후예답게 인간은
오랫동안 폭력의 손아귀에 덜미 잡힌 채 살아왔지만,
요즘처럼 별별 폭력을 경험했던 적도 없었으리라. 그뿐인가.
자연을 향한 폭력은 인간 문명 자체를 위협하는 수준에
이르고 있다.

단테는 폭력을 악한 마음을 조절하지 못하고 대상을 괴롭히는 행위로 정의하고(〈지옥〉 11곡 22~24행), 폭력을 당하는 대상에 따라 종류를 크게 셋으로 구분한다(〈지옥〉 12~16곡). 첫째 부류인 살인자와 강도는 이웃을 괴롭힌 자들이고, 둘째 부류인 자살한 자와 낭비한 자는 자기 자신을 괴롭힌 자들이며, 마지막 부류인 동성애자와 고리대금업자는 하느님을 괴롭힌 자들이다.

폭력의 죄인들이 갇힌 지옥의 일곱째 고리에 내려간 단테는 그곳 비탈이 무너져 있음을 발견한다. 일찍이 예수 그리스도가 십자가에 매달렸을 때 일어난 지진이 원인이었다. 예수를 십자가에 매단 것은 인간이 저지른 역사상 최악의 폭력이었다. 폭력적 죽음으로 인해 예수 안에 결합되어 있던 신성과 인성이 분리되었고, 이후 인간은 그 둘을 다시 결합시켜야 할 무거운 책무를 지고 살아왔다. 단테는 '폭력을 어떻게 저지하고 극복하는가'라는 화두가 잃어버린 영성을 회복해야 하는 인간의 근원적 과제에 직결되어 있음을 깨닫는다. 폭력 문제에 대한 단테의 고민은 깊기만 하다.

단테는 먼저 이웃을 괴롭힌 자들과 마주친다. 이들은 펄펄 끓는 시뻘건 피의 강물에 잠겨 삶기는 형벌을 받고 있다. 이들이 해친 사람들의 피가 이들을 물귀신처럼 잔인하게 붙잡아 끌어내리고 끓어오르는 복수의 열기로 삶아대는 것이다. 이 참혹한 광경 앞에서 단테는 이렇게 탄식한다.

오, 눈먼 물욕이여, 어리석은 분노여!
짧은 인생 그렇게 우리를 몰아대더니,
이제 영원 속에서는 극악하게 담그는구나!
(〈지옥〉 12곡 49~51행)

　　이곳을 지키는 켄타우루스는 하반신은 말, 상반신은
사람인 괴물이다. 신성과 인성의 완전한 결합체인 예수
그리스도를 뒤집은 꼴이다. 켄타우루스 무리는 결혼식에
초대받아 갔다가 술에 취해 신부와 여자들을 겁탈한 전과가
있다. 이웃에 대한 폭력의 상징인 이들은 같은 죄를 지은
자들을 지옥에서 벌하는 역할을 맡고 있다.
　　죄인들은 폭력을 저지른 정도에 따라 핏물에 잠기는
깊이가 달라진다. 폭군들은 눈썹까지 푹, 살인자들은 목까지
차오르도록, 약탈자들은 가슴까지, 육체적 해를 가하지 않은
강도들은 발까지만 핏물에 잠겨 있다(각각 〈지옥〉 12곡 103,
116, 121, 125행). 켄타우루스들은 수천씩 무리 지어 강 주변을
맴돌다 자기들이 잠겨 있어야 할 깊이보다 더 높이
떠오르는 죄인들에게 활을 쏘아 제자리로 돌려보낸다(부록
〔그림 7〕 참조).
　　단테는 불세출의 영웅으로 알려진 마케도니아의
알렉산드로스 대왕을 비롯해 전쟁을 일으켜 수많은 사람을
죽음으로 몰아넣은 폭군들이 눈썹까지 핏물에 잠겨 있는

모습을 목격한다. 단테는 이들이 국가를 위해서가 아니라 자기 자신만을 위해서 살았다고 생각한다. "공권력을 모두의 이익을 위해서가 아니라 자신의 이익에 맞게 강요하는"(《제정론》 3권 4장 10절) 자들이다. 그들은 폭력을 국가의 안위와 명예를 위한 불가피한 조치라 변명하지만, 알고 보면 헛된 물욕과 허영에서 나온 결과일 뿐이다.

단테는 물욕과 분노가 폭력을 일으키는 직접 원인이라고 생각한다. 물욕은 재산이나 쾌락을 향한 강한 욕심을, 분노는 그 강한 욕심에 대한 과도한 반응을 가리킨다. 짧게 살다 가는 세상에서 물욕과 분노에 휘둘린 사람들은 지옥에서 영원한 고통 속에 잠긴다. 보라! 펄떡거리는 폭력적 삶을 살았던 그들의 몸은 펄펄 끓는 핏물을 뒤집어쓴 채 꼼짝도 할 수 없다.

단테는 폭력에는 말고삐와 같은 절제가 필요하다 말한다(《향연》 4권 17장 4절; 《제정론》 3권 15장 9절). 이제는 지옥의 핏물이 고삐 역할을 하고 있지만, 이는 폭력의 죄인들을 괴롭히는 새로운 폭력일 뿐이다. 지옥의 형벌은 결코 그들을 교정하거나 순화하지 않으며, 영원한 고통만을 준다. 고삐를 당겨 폭주하는 욕구를 멈추는 일은 죽기 전에 미리 했어야 했다.

포기하거나 견디거나

단테는 이웃을 괴롭힌 자들이 잠겨 있는 피의 강을 지나 드넓은 자살자의 숲에 들어선다. 자기를 괴롭힌 자들이 하나씩 나무가 되어 서 있다. 더럽고 불쾌한 여자 얼굴에 새의 몸통과 날개, 날카로운 발톱을 지니고 항상 굶어서 얼굴이 푸르뎅뎅한 하르퓌이아들이 떼로 날아와 가지를 쪼아댄다. 하지만 나무가 된 자살자는 이들을 뿌리치는 어떤 몸짓도 하지 못하고 꼼짝없이 사나운 부리에 쪼일 수밖에 없다. 이들은 자살로 자신의 몸을 포기했기에 이제는 몸에 대한 권리가 없다. 고통을 멈추기 위해 몸을 버렸건만 고통을 피할 수 없는 몸을 얻은 셈이다. 몸은 나무가 되고 영혼은 나무 속에 감금되어 더 이상 몸을 버릴 자유도 없다. 그렇게 스스로 버린 몸이 자꾸 되돌아와 고통을 영원히 연장시킨다. 자살자의 숲에서는 고통의 신음만 잎사귀를 스치는 바람처럼 하염없이 들려온다.

자살은 삶의 권리를 스스로 포기하는 부당한 선택이다. 자살자는 당장 마주한 불행과 괴로움에서 벗어났다고 여길지 모르나, 훨씬 더 심한 괴로움과 영원한 불행이 기다린다. 살아서 자유롭게 움직이던 몸은 소멸하고, 이제는 한자리에 뿌리박힌 나무가 되어 아무리 괴로워도 몸부림조차 칠 수 없다. 자살하면서 움직임이 사라지고 굳어가는 몸, 그 고통이 끝없이 반복된다. 가지가 부러지고 하르퓌이아에게 쪼일 때도 피를 내뿜고 비명만 지를 수 있을 뿐이다. 세상은 바꾸지 못하고 스스로만 못살게 괴롭히던 수동적인 삶이 죽어서도 계속된다. 자살은 사회의 폭력적 구조가 개인의 내부로 침투한 결과이고, 개인의 존재를 뿌리째 뽑아버리는, 철저한 자기 부정과 자기 파괴의 폭력이다.

단테가 가지 하나를 꺾자 나무는 검붉은 피를 흘리며 울부짖는다. "왜 나를 찢느냐?"(〈지옥〉 13곡 33행) 이 나무에 갇힌 망령은 피에르 델라 비냐. 시칠리아 황제 페데리코 2세의 신하였던 그는 음모에 휘말려 감옥에 갇힌 끝에 스스로 목숨을 끊었다. 피에르는 자신의 자살에 대해 이렇게 말한다.

> "나는 정당한 나를 거역해 나를 부당하게 만들었소."
> (〈지옥〉 13곡 72행)

'나를 거역하는 나me contra me'로 요약되는 피에르의 자기 파괴는 단테가 연옥의 지상 천국에 올랐을 때 베르길리우스가 관을 씌워주며 "너 위의 너te sovra te"라고 불렀던(〈연옥〉 27곡 142행) 승리의 상태와 정면으로 대립한다. 피에르의 자살은 "정당한 나"를 완전히, 돌이킬 수 없이 부정하고 스스로를 부당하게 만드는 행위이자, 불의에 맞서 싸우고 정의를 입증하기를 포기하는 행위다. 반면, 단테가 힘든 길을 견디며

걷는 일은 자기 삶의 정당성을 스스로 인정하고 이어가는
"곧고 바르고 자유로"운 일이다. 윤리적 의지의 실천 위에
세워지는 그런 구원의 원리를 베르길리우스는 연옥의
꼭대기에 오른 단테에게 이렇게 가르쳐준다.

> "이젠 내 말이나 눈짓을 기다리지 마라.
> 너의 의지는 곧고 바르고 자유로우니
> 그 뜻대로 하지 않음은 잘못이 되리라.
> 그리하여 너에게 스스로의 관을 씌우노라."
> 〈연옥〉 27곡 139~142행)

　　단테는 인생길 반 고비에 길을 잃고 헤매던 어두운 숲에서
출발하여, 별 하나 없는 지옥에서 상상을 초월한 형벌과
고통에 때로는 울고 때로는 분노하다가, 마침내 밝은 햇살이
화사하게 들이치는 연옥 정상까지 올랐다. 베르길리우스는
여기까지 온 단테가 그 어떤 불의나 좌절에도 굽히지 않는
힘을 지니게 되었으니, 이제부터는 스스로를 믿고 의지가
이끄는 대로 나아가라 일러준다. 지옥을 견디는 힘은 연옥을
오르는 희망으로 고스란히 전환되었고, 단테는 스스로 마련한
승리의 관을 자신에게 씌워줄 준비가 되어 있다.

상처받은 존재에게 필요한 건
내면의 의지와 외부의 정의

단테가 들춰낸 지옥의 질서가 우리 시대의 사회로
되살아난다. 신의 심판 대신 경쟁이, 형벌 대신 자기혐오가
인간을 단죄한다. 단테에게 삶이란 견디는 일이다. 견디는
힘이 부족하다고 어려움을 자신의 무능력 탓으로 돌려서는
안 된다. 밖으로 펴야 할 힘을 안으로 굽힐 때, 그 끝에
자살이라는 비극이 기다린다. 여기에 능력주의와 무한 경쟁
같은 왜곡된 사회 구조가 개개인을 점점 더 막다른 골목으로
몰고 간다. 자살은 자신을 못났다고 응징하고, 자기 소멸
속으로 도피하는 일이다. 막다른 길에서도 또 다른 눈으로 또
다른 세상을 떠올리는, 좀 더 '낭만적인' 상상력이 필요하지
않을까. 바로 거기서부터 응징의 방향이 제대로 설정되고,
자신을 향한 소모적 분노가 아니라 사회를 향한 의로운
분노가 솟아오를 수만 있다면.

자살을 사회 차원에서만 생각하면 상처받고 지쳐버린
한 인간의 은밀한 내면을 돌아보지 못한다. 고대 로마에서는
적절한 순간에 합리적 판단으로 위엄 있는 죽음을 감행하는
자에게 영예를 돌렸다. 반면 중세 그리스도교는 자살을,
생명을 준 신에게 반할 뿐 아니라 정의롭지도 인간답지도
못한 대죄로 간주했다. 단테는 자살을 단죄하면서도, 그

절정에 있는 자유 의지를 구원으로 가는 길로 재해석한다.
정치적 자유를 위해 자살한 카토를 지옥의 죄인이 아니라
정죄의 연옥을 지키는 존재로《신곡》에 등장시키는
이유다(〈연옥〉1곡). 카토는 공화주의자로서 카이사르의
패권적 야욕에 맞서 싸우다 패하자 투항하는 대신 자살을
택했다. 자살하기 전날 밤 플라톤의《파이돈》을 읽었다고
한다. 플라톤은 그 책에서 죽음 이후에도 불멸하는 영혼을
논했다.

　　자살을 앞에 둔 사람은 두려워하는 동시에 기대한다.
고결한 삶은 고결한 죽음으로 마감해야 마땅하겠지만, 무엇이
고결한 삶이면서 죽음인지는 결코 명쾌하게 처리될 문제가
아니다. 다만, 우리 시대는 은연중 자살을 묵인한다. 자살은
더 이상 고결도 아니고 대죄도 아니다. 도덕적 비판과 논의도
미약하다. 그 대신 자살을 사회적 병폐나 통계로 환원하면서
한 인간이 겪는 절망의 내면을 제도 속에 묻어버린다.

　　자살의 원인을 개인의 나약한 의지나 사회 구조 어느
하나의 탓으로 돌릴 수는 없다. 개인의 도덕적 의지가 무너질
때 사회가 그 자리를 메워야 하고, 사회의 구조가 폭력적일 때
개인의 의지는 저항의 형태로 다시 일어서야 한다. 둘의
균형이 무너질 때, 인간은 스스로를 괴롭히는 폭력의 반복
속으로 떨어진다. 단테가 자살자를 자기 자신'만' 괴롭힌 자로
본 까닭도 거기에 있다. 자살에 저항하기 위해서는 내면의

의지와 외부의 정의가 함께 작동해야 한다. 자살에 둔감한
시대는 인간과 영혼에 둔감하고, 죽음의 고통을 외면하는
사회는 생명의 가치를 잃는다.

단테는 잊힌 그 인간 내면에서 의지의 불꽃을 다시
발견하려 한다. 지옥의 폭력은 연옥의 견딤으로, 천국의 의지로
변한다. 단테가 스스로 마련한 승리의 관은 삶과 죽음을 시로
쓸 자격을 의미한다. 지옥과 연옥을 순례하며 변신하고 성장한
단테는 자신이 추방자로 살아남은 기록, 죽음에서
자유로워지는 삶을 쓸 준비가 되었다. 죽음으로부터의 자유란,
살아 있음으로써 이미 죽음을 감행하고 있다는 깨달음이다.
단테는 시를 쓰기 위해 죽으면서 또한 살아야 했다. 천국에
오른 단테는 그 자신이 그렇게 살아남은 여정, 자기 존재를
죽이고 다시 태어나는 시인의 모습을 보여준다.

죽음을 견디며 지옥을 살아가는
천국의 의지

폭력을 폭력으로 되갚으려는 마음은 폭력의 원인을 직접
제거해준다고 우리를 유혹한다. 폭행, 전쟁, 자살이 그러하다.
그러나 폭력은 폭력을 불러온다. 잠시 멈출 수는 있어도,
끝나는 법은 없다. 다른 사람이나 국가, 세력을 힘으로

제압하면서 정당한 행위라고 강변해도, 폭력은 폭력이다.
자살로도 폭력에서 벗어나지 못한다. 모든 것의 끝인 것
같지만, 자살은 자신의 육체를 치욕으로 만들고, 영혼을 또
다른 고통으로 몰아넣으며, 남은 자들에게도 회복하기 힘든
폭력을 가한다.

　　지옥의 펄펄 끓는 핏물도, 나무를 쪼아대는 괴물도,
폭력의 죄인에게 가하는 또 다른 폭력이다. 그런 면에서
지옥은 하느님의 정의를 악마의 폭력으로 경험하는 곳이다.
폭력의 순환이라는 영원한 굴레에서 벗어나지 못하기에
지옥은 당연히 우리의 해결이 될 수 없다. 악마의 폭력이
폭력에 대한 궁극의 처방일 수는 없지 않은가.

　　폭력은 다른 어떤 죄보다 용서하기 힘들다. 똑같은
폭력으로 복수하고 싶은 욕망이 우리를 지배한다. 그만큼
폭력은 흔한 일이 되어버렸다. 폭력의 고통은 직접 돌려줘야
직성이 풀리고, 직성을 푸는 것은 목숨을 걸고라도 해볼 만한
일이다. 그러니 용서란, 십자가란, 속죄란, 사랑이란,
오래되고 자연스러워진 인간의 폭력 앞에서 얼마나 가당찮은
넋두리인가. 그러나 깊은 고민을 안고 천국을 오르던 단테는
새로운 확신을 얻는다.

> 사람이 사람을 이기는 것과 다르게,
> 거룩한 의지는 지기를 원하기에 이기고,

지면서 그 선함으로 이기는 것이다.

〈천국〉 20곡 97~99행 〉

폭력에 시달리고 폭력의 유혹에 휘둘린다면, 저항해야
한다. 저항도 하지 않으면서 폭력에만 책임을 지울 수는 없다.
폭력이 아무리 거세도 스스로 의지를 굽히지 않으면 굽지
않지만, 일단 굽히면 그 굽히는 힘을 따라가게 된다. 그리고
그렇게 굽혀진 의지는 폭력의 일부가 되고 만다. 천국의
정의는 인간 내면에 놓인, 선을 향한 의지를 먼저 꿰뚫어 보지
않는다. 오직, 그 의지를 세우고 표출하고 발휘할 때에야
가치를 알아보고 힘을 보탠다.

개인, 사회, 국가가 폭력을 다스리는 데 성공한다 해도,
폭력 속에 도사린 분노와 증오까지 잠재우기는 힘들다.
폭력은 언제, 어디서든 되살아난다. 단테가 천국에서 깨달은
궁극의 처방은 '지면서 이긴다'는, 십자가로 빚은 속죄의
원리다. 예수는 십자가에 매달리는 순간, 인간에게 지는 듯
보이는 그 순간에, 무한한 선으로 인간을 이기고 있었다.
그것은 폭력을 저지르는 인간이 폭력을 중단할 기회를 스스로
되찾게 만드는 사랑과 용서의 행위였다. 우리를 끓는
핏물에서 건져내고 자살자의 나무에서 벗어나게 하는 구원의
기획이자, 상대를 짓밟아 완성하는 폭력과 달리 결국 모두가
이기는 상생의 실천이었다.

  지금 우리에게는 지옥의 폭력이 아니라 천국의 의지가
필요하다. 당연히, 천국을 이 땅으로 끌어 내리는 일은 인간의
책무다. 그 의지를 지속적으로 추구하며 천국을 닮으려
애쓰는 일이 폭력의 악순환을 끊을 궁극의 해결책이다.
천국을 닮아간다는 희망도 없다면, 우리 안에 깊숙이 도사린
폭력의 광기를 어떻게 견뎌낼 수 있겠는가. 폭력은 어디에나
있고 언제라도 있다. 천국은 폭력이 사라진 자리가 아니라,
폭력을 외면하지 않으려는 마음에서 시작한다. 의지가
완전하지 않아도 포기하지 말아야 한다. 그것이 천국을
닮으려 걷는 길이 멀기만 한 이유지만, 바로 그렇기에 우리는
날마다 길을 만들며 걷고 있다.

  단테에게 죽음을 감행한다는 것은 죽음으로 달려드는
행위가 아니라, 죽음의 자리를 직시한 채 다시 살아가는
결단이었다. 그 결단이 시가 되었고, 시가 다시 의지가
되었다. 그 의지는 완성되지 않는다. 천국에 오른 단테는
지려는 의시, 폭력을 넘추게 하는 의지를 배운다. 그가 끝내
찾은 천국의 의지는 승리가 아니라, 지면서도 꺼지지 않는
의지의 빛, 완성된 해답이 아니라 끊임없이 이어가는
삶이었다.

  그럼에도 분명 외면할 수 없는 단테의 모습이 있다.
단테에게 삶의 의지는 그렇게 '낭만적'이지만은 않았을
것이다. "생각만 해도 두려움이 되살아난다"(〈지옥〉 1곡

4~6행)라고 할 정도로, 죽음을 직시하며 글을 쓰는 것은 너무나도 끔찍하고 고통스러웠다. 그래도 단테는 생각하고 썼다. 죽음 이후의 세계를 다녀온 그는 죽음이란 불행처럼 더불어 살아야 하는 동반자임을 알게 됐다. 낯설고 무서워도 기꺼이 함께해야 하는 이방인처럼. 그래서 단테는 어떤 해답도 없다는 것을 안 자로서, 그저 기억하고 쓴다. 그렇게 영광스럽지도 희망찬 일만도 아니다. 바로 그것이 천국의 의지를 알게 된 단테의 속마음이었을 것이다.

7

성애

하느님은 '섭리'에 어긋난 존재를 포용할까

단테의 동성애자 스승 브루네토 라티니

마르티니는 〈지옥〉 15곡의 63행부터 72행 사이에서
네 행을 발췌하여 지옥의 어두운 허공에 걸어놓았다.
"저 비열하고 악독한 사람들은 / 너의 정당한 행위 때문에
원수가 되리라. / 사람들이 인색하고 질투하며 교만하니, /
풀을 산양에게서 멀리 두어라." 단테의 스승이었던
브루네토 라티니가 해주는 말이다. 라티니의 얼굴은
동성애자를 벌하는 지옥의 불꽃에 그을었지만,
시선은 단테의 앞날을 향해 있다. 마르티니는 그 얼굴에서
불꽃에 타들어가면서도 사그라지지 않는
인간의 빛을 그린다.

불타는 모래벌판에 들어서다

단테는 폭력배들이 잠겨 있는 피의 강을 지나고, 나무가
된 자살자들의 숲을 통과한 뒤, 동성애자와 고리대금업자가
벌을 받는 뜨거운 모래벌판으로 내려간다. 이웃과 자신에게
폭력을 휘두른 자들에 이어 하느님에게 폭력을 행사한
자들이나.

거기서 정의의 끔찍한 기술이 보였다.
그 새로운 광경을 분명히 드러내 말하자면,
우리가 도착한 벌판은 바닥에서
모든 식물이 사라진 곳이었다.
〈지옥〉14곡 6~9행)

하느님은 이곳 벌판을 아무것도 자라지 않는 불모의
모래땅으로 만들었다. 이 불모성은 인간이 자연에 가한
폭력의 결과다. 하느님은 인간에게 선한 본성을 주었고, 그
본성은 자연에서 나온 것이기에, 하느님에 대한 폭력은 곧
자연을 해치고 질서를 어지럽히는 행위로 간주된다. 하느님은
그 대가를 재생과 순환이 다시는 이루어지지 않는 반자연적
상태로 고스란히 되돌려준다. 단테는 그 황량한 모래벌판에서
하염없이 쏟아지는 불비 아래 쉴 새 없이 뛰어다니는
동성애자들과, 잔뜩 웅크리고 앉아 있는 고리대금업자들을
발견한다.

돈이 돈을 낳는 기형적 생식

단테가 살던 시대에 고리대금업자는 이단 및 동성애자와
동일한 죄목으로 기소되었다. 셋은 모두 하느님을 거부하고
모욕하는 중대 범죄였다. 〈지옥〉 11곡(97~111행)에서 단테는
아리스토텔레스의 《물리학》(2.2.194a)을 거론하면서, 돈은
자연 산물에서 나오고 증가함이 순리인데 돈이 돈을 낳고
기르는 고리대금은 자연을 거스르는 비정상적 탄생과 기형적
성장임을 강조한다. 그리고 이어서 선악 지식의 열매를 먹은
아담에게 퍼붓는 하느님의 거친 말씀("너는 흙으로

돌아가기까지 이마에 땀을 흘려야 낟알을 얻어먹으리라", 〈창세기〉
3장 19절)을 상기시킨다(〈지옥〉 11곡 97~111행).

　인간의 기술은 하느님이 부여한 자연의 질서를 따르며
삶을 발전시켜야 하건만(〈천국〉 2곡 130~132행), 고리대금은
이런 질서와 전혀 다른 길을 걷는다. 자본에 높은 이자를
붙이는 고리대금은 인간 스스로 고안해낸 부의 축적
방식으로서, 일을 사람이 아니라 돈이 한다. 이자는 시간을
팔아 돈을 얻는 것인데, 시간은 본디 하느님에게만 속한
것이다.

　무엇보다 고리대금이 죄인 이유는 노동이 없기 때문이다.
고리대금업자들이 앉아 있는 불모의 모래벌판, 뿌리를 내릴
수도 열매를 맺을 수도 없는 황폐한 땅이 그 점을 상기시킨다.
하느님이 인간에게 부과한 노동의 의무를 회피한 채,
고리대금업은 오히려 노동자를 착취하고 인간의 근면한
노력에 기초한 경제와 산업을 파괴한다. 이는 하느님의
자손인 자연의 법칙과 기술을 거스르는 죄(〈지옥〉 11곡
109~111행; 〈천국〉 22곡 79~81행)이자, "되받을 생각을 말고
꾸어주어라"(〈루가의 복음서〉 6장 35절)라는 예수의 가르침을
정면으로 거부하는 죄다.

　　고통스러운 불길이 떨어지는 가운데
　　몇의 얼굴에 눈길을 주었지만,

아무도 알아볼 수 없었다.

그러나 저마다 목에 특별한 색깔과 문장의
주머니를 걸고 있다는 걸 깨달았는데,
이로써 그들의 눈을 살찌우는 듯하더라.
(〈지옥〉 17곡 52~57행)

단테는 지옥에 떨어진 고리대금업자들의 얼굴을 알아볼
수가 없다. 그들의 정체를 나타내는 것은 얼굴이 아니라 목에
걸린 돈주머니다. 주머니에는 세상에서 막대한 부를 축적하고
권력을 휘둘렀던 자신들 가문의 문장이 사자, 거위, 암퇘지,
독수리와 같은 짐승들로 그려져 있다. 사채업, 채무 징수,
돈세탁, 환전으로 부를 쌓아 은행업으로 진출한 그들은
돈주머니를 들고 다니며 뿌듯한 기분으로 계약서를 작성하곤
했을 것이다. 그들은 세상에서나 지옥에서나 돈주머니를 보는
것만으로도 살이 찐다(부록 〔그림 8〕 참조).
　단테는 이자를 통한 자본 증식이 막후에서 은밀하게
이루어지고, 그 자본 대부분이 상속이나 증여 같은 이미
축적된 부에서 비롯된다는 사실을 상기시킨다. 지옥의
고리대금업자들은 사는 동안 노동에 쓴 적이 없는 손을
이제는 떨어지는 불비를 피하는 데 써야만 한다("손을 내저어
불기운을 피했으니", 〈지옥〉 17곡 48행). 게다가 잔뜩 웅크리고

앉아 있어야 하기에 손을 휘젓는 동작조차 고통스럽다.
장부를 작성하고 돈을 세던 웅크린 자세는 이제 그들을 더
옭아매는 형벌이 되었다.

현대 사회에서 돈이 굴러가며 유지되는 경제 활동은
인간이 숨 쉬는 일처럼 너무나 자연스러워져 새삼스러울 게
없다. 자본, 소비, 부의 욕망은 고리대금을 남다른 능력으로
보게도 한다. 그러나 고리대금의 진짜 문제는 인간을 돈의
논리에 종속시키며 인간관계를 파괴한다는 데 있다. 결국
죄의 경계를 넘지 않으면서 인간이 필요한 만큼만 돈의
경제를 영위하는 능력은, 인간이 하느님에게 지은 폭력의
정도를 스스로 조절하는 일종의 윤리적 의지 문제라고 할 수
있다.

**동성애에 대한 단테의
모호한 태도**

웅크리고 앉은 고리대금업자들 주위로 불비를 피해
펄쩍펄쩍 뛰어다니는 동성애자들이 단테의 눈에 들어온다.

> 그렇게 영겁의 불덩이가 내렸는데,
> 부싯돌 아래 부싯깃처럼 모래에

불이 붙어 고통을 가중시켰더라.

가엾은 손들의 춤은 이제는 여기
저제는 저기, 새로운 불길을 몸에서
떼어내느라 쉴 틈이 전혀 없었다.
(〈지옥〉 14곡 37~42행)

동성애자들은 끊임없이 쏟아지는 불덩이를 몸에서
떼어내느라 정신이 없다. 불비는 하느님이 내리는 복수를
뜻한다(〈창세기〉 19장 24~25절). 한순간도 가만히 있지 못하고
뛰어다녀야 하는 동작은 동성애가 하느님이 부여한 인간의
정체성이 통째로 흔들린, 불안정한 상태임을 보여준다.

그런데 단테가 이들을 만나는 장면에는 의외의 구석이
있다. 단테는 자기가 먼저 그들에게 예의를 갖춰 인사해야
한다고 생각하고(〈지옥〉 16곡 13~18행, 46~60행),
동성애자들은 이에 당당하게 실명과 정체를 밝힌다. 단테
앞에서 동성애자들은 지옥에 떨어졌다는 사실보다도
자신들이 떠나온 세상의 정치 상황과 그곳에서 한때 누렸던
명성에 훨씬 더 큰 관심을 내보인다. 그리고 그들의
자신감만큼이나 단테도 그들의 사회적 공적을 적극 인정하고
존중한다(〈지옥〉 16곡 28~45행, 64~72행). 이 장면을 읽다 보면
단테가 지옥의 동성애자들을 만나는지, 현세의 정치가들을

만나는지 구분이 잘 되지 않을 수도 있다.

단테는 이곳에서 뜻밖에도 자기를 가르쳤던 철학자 브루네토 라티니와 마주친다. 동성애자로 나타난 스승은 지옥의 죄인에 어울리지 않는 어조로 단테를 축복하고 조언을 건넨다.

> "너의 별을 따라간다면,
> 영광의 항구에 실패 없이 도달하리."
> (〈지옥〉 15곡 55~56행)

"영광의 항구"란 천국을 가리킨다. 지옥에서는 상상하기도 힘든 말이다. 라티니뿐 아니라 다른 동성애자들도 '별'과 '아멘' 등 지옥에 전혀 어울리지 않는 용어를 거침없이 입에 담고, 단테에게 현세로 돌아가거든 자기들 안부를 전해달라고 거리낌 없이 부탁한다. 단테의 글에서는 그들이 저지른 동성애의 죄를 스스로 어떻게 생각하는지 잘 나타나지 않는다. 다만 그들은 당당하다. 단테는 동성애를 하느님께 가한 폭력으로 간주하는 가톨릭 교리에 따라 동성애자들을 깊은 지옥에 떨어뜨리면서도 '명예', '업적', '애정'과 같은 단어를 구사하면서 사회 구성원으로나 개인으로나 존경스러운 지도자로 등장시킨다. 동성애의 죄 정도는 사회적 업적으로 충분히 가릴 만하다는, 시시한 죄로 취급하는 느낌이 들 정도다.

동성애에 대한 이런 모호한 태도는 〈연옥〉에서 좀 더 구체적으로 정체를 드러낸다. 지옥에서 비교적 무거운 죄로 취급되는 동성애가 연옥에서는 가장 가벼운 죄다. 지옥의 동성애자들은 불비 아래에서도 죄를 뉘우치지 않지만, 연옥의 동성애자들은 스스로 불길을 뚫고 나아가며 죄를 씻는다. 이성애와 동성애는 지옥에서는 각각 부절제와 폭력의 죄로 분리되는 반면, 연옥에서는 하나로 묶여 절제하지 못한 사랑의 죄로 간주된다. 연옥의 동성애는 이성애와 구분되지 않는다. 게다가 연옥의 동성애자들은 금세라도 죄를 씻어내고 지상 천국으로 오를 준비를 하고 있다(〈연옥〉 17곡 136~137행, 19~27곡).

단테는 지옥에서든 연옥에서든 동성애를 상당히 유화적인 시선으로 바라본다. 동성애가 죄라는 입장은 분명하지만, 자신의 스승이나 사회의 존경받는 명망가들을 동성애의 죄인으로 등장시키고 그들이 이룬 공적 역할을 주목하여 찬미한다. 동성애는 지옥에서는 하느님에게 가한 폭력의 죄이지만, 연옥에서는 애욕의 죄에 속한다. 적어도 연옥에서 동성애는 하느님과 자연을 거슬렀다고, 자손을 이어갈 생식을 거부했다고 추궁할 죄가 아니다. 단테는 하느님에게 폭력을 가해 짊어질 죄의 무게를 자기 뜻대로 조정하는 모습을 보여준다.

단테는 드러내놓고 동성애를 지지하지는 않는다. 다만
이성애와 동성애의 경계를 넘어서는, 당시로서는 무척 대담한
상상력을 발휘한다. 경계 너머에서 그는 오랫동안 안정되어
있던 주류 사회의 계급 질서와 사상을 '다시' 들여다본다.

> 그러더니 몸을 돌렸는데, 마치 베로나에서
> 녹색 옷을 받으려 들판을 달리는
> 사람들 같았다. 그런데 그들 중에서
> 패자가 아니라 승자처럼 보였다.
> (〈지옥〉 15곡 121~124행)

단테와 대화를 마친 스승 라티니는 동료들에게로 바삐
뛰어 돌아간다. 그 모습이 당시 베로나에서 열리던 달리기
경주의 우승자처럼 자랑스러워 보인다. 동성애를 일탈된
욕구로 규정하는 시각은 인간의 욕구란 원래부터 한
방향으로만 정립되어야 한다는 전제를 깔고 있다. 그러나
단테는 퇴장하는 동성애자 스승을 승자의 이미지로
제시함으로써, 이성애와 동성애의 이항대립 어느 한 편의
승리를 내세우기보다는 허용과 공존의 마음을 내비치는 듯
보인다.

성별의 이분법을
가로지르며

단테는 고리대금을 세상의 질서를 어지럽히는 중죄로 단정하지만, 동성애에 대해서는 복잡하고 어지러운 고민의 흔적을 남긴다. 그의 고민은 이성애와 동성애의 경계를 가로지르면서 그 구분을 폐기하는 양성성兩性性의 구상으로 나타난다. 청년 시절에 쓴《새로운 삶》에서 단테는 흠모하는 '여성' 베아트리체의 이미지를 시종일관 하느님의 '아들'인 예수 그리스도의 원형 위에 세운다. 또《신곡》에서는 베아트리체가 베르길리우스로부터 길잡이 역할을 넘겨받는 장면에서 양성성의 상상이 두드러진다. 떠나가는 베르길리우스를 "어머니의 가슴"이자 "따스한 아버지"로 번갈아 부르며 양성의 모습으로 표현한다. 베아트리체 역시 "신부"라는 여성의 모습과 (그리스도를 가리키는) "축복받은 이"라는 남성의 모습을 함께 갖춘 동시에, "해군 제독"과 "칼"이라는 남성 이미지를 통해 '남근 여성phallic woman'으로 그려낸다. 이런 식으로 베아트리체는 베르길리우스의 양성성을 이어받고 발전시킨다(〈연옥〉 29~30곡).

이뿐만 아니라 하느님도 양성의 존재로 나타난다. 천국의 항성천에 오른 단테에게 베아트리체가 하는 말을 들어보자.

"그러니, 그 안에 더 들기 전에

저 아래를 보시고, 그대 발 아래로 벌써

얼마만 한 세상을 두었는지 보세요."

(〈천국〉 22곡 127~129행)

베아트리체는 단테에게 하느님이 기다리는 곳으로
나아가라고 권하고 있다. 단테는 이런 전언을 건네는
베아트리체를 인간도 아니고 신도 아닌, 그 둘 사이를 잇는
천사로 여긴다. 인성과 신성을 매개하는 그 역할을
베아트리체는 스스로의 양성적 존재 방식을 통해 수행한다.
그녀는 남성과 여성 어느 한 곳에 갇히는 이성애의 존재
방식을 부정하는 동시에 성애의 차이가 일으키는 차별에
저항하고, 이질적인 존재 방식을 초월하고 포용하도록 우리를
이끈다.

이분법적 경계를 흐리기 위한 단테의 구문론적 전략은
섬세하다. 위 인용문 127행의 '안에 들어가다'라는 동사
'inlei'는 '안in'과 '그녀lei'를 결합하여 단테가 만든 신조어다.
베아트리체가 단테에게 들어가라고 하는 "그 안"은 하느님이
있는, 궁극의 축복이 깃든 장소를 가리킨다. 흥미롭게도
단테는 하느님을 '그녀'라는 여성 대명사로 지칭하고 있다.
그런데 다른 곳에서는 하느님을 'inlui', 즉 남성 대명사
'그lui'가 담긴 형태로도 지칭한다(〈천국〉 9곡 73~75행). 단테는

굳이 언어를 새로 조립하면서 구원의 도달점인 하느님을
여성과 남성을 아우르는 존재로 표현한다. 그는 자신의
언어를 성애의 이분법에 가두지 않음으로써 성애의 이분법을
넘어서 존재하는 하느님을 만나도록 우리를 이끈다.

단테가 생각하는 양성성은 성모 마리아를 "당신의 아들의
딸이시여"(〈천국〉 33곡 1행)라고 부르는 대목에서 절정에
이른다. 마리아는 자신을 낳은 아들의 딸이자, 그 아들을 낳은
어머니이며, 동시에 자신의 창조주를 낳은 피조물이다.
마리아는 예수와 개체로는 구별되지만 관계로는 구별되지
않는다. 이 관계를 통해 단테는 양성성을 남성과 여성,
창조주와 피조물의 구분 위에 선 개념이 아니라, 그들의
경계를 가로지르고 연결하는 원융무애의 흐름으로 제시한다.

이와 같이 단테는 양성성을 성애의 '자연스러운' 경계를
죄 없이 넘나드는 전략적 담론으로 구상한다. 베아트리체와
베르길리우스는 단테를 맞이하기 전에 이미 양성의 존재였다.
단테는 두 개의 분리된 성(적 지향과 역할)을 동격으로
포용하는 하느님을 상상하며 성애의 '자연스러운' 이분법을
넘어서는 양성성의 원리가 자신을 이끌도록 했던 것이다.
이런 해석만이 단테가 당대에 하느님에 대한 폭력이자 절대
죄악으로 분류된 동성애에 관대했던 이유를 설명해준다.

배제가 아니라
포용이 자연스럽다

고리대금과 더불어 동성애가 하느님에 대한 폭력으로
간주되는 이유는 자연의 원리에 반하기 때문이다. 자연은
하느님이 창조한 질서이기에, 이른바 '자연스러움'을 향한
인간의 믿음과 기대는 거의 영원불변의 수준이다. 자연은
인간을 초월하는 절대적 힘과 같고, 인간 사회 역시 자연의
이치에 맞춰야 잘 돌아간다는 신념이 있다. 그런데 자연에
맞춰 잘 돌아간다는 것은 과연 무슨 의미인가? 정의와 평등의
실현인가, 욕구와 행복의 충족인가?

이성애만이 생물학적으로 '자연스러운' 관계라는 주장은
사실 오랜 시간에 걸쳐 익숙해진 특정 사회의 관습일 뿐이다.
현대 사회에서 동성애는 점차 '자연스러운' 관계로 수용되고
있다. 동성애가 자연스럽지 않다는 생물학적 근거는 없다.
다만 특정 시대와 문화는 자연을 핑계대고 동성애를
금기시한다. 물론 이성애가 생식이라는 생물학적 능력과
연결되는 것은 부정할 수 없지만, 꼭 수행해야만 하는 의무로
규정하는 것은 특정 시대와 문화의 판단이다. 마찬가지로
동성애 역시 생물학적 조건의 일부이며, 그것을 금기시하는
것도 특정 시대와 문화의 판단이다.

남성성과 여성성은 사회에서 반복 수행되는 역할이자

자격증 같은 것이다. 그 자격과 역할은 사회 상황에 따라 달라질 수 있다. 마찬가지로 자연스러움은 인간에게 초월적이거나 보편적인 개념이 아니다. 자연스러움은 인간이 시대와 문화에 맞춰 구성한 관념이며, 좋은 사회를 만들기 위해 필요하다고 믿는 일종의 상상 속 질서다. 바로 그렇기 때문에 자연스러움은 시대와 사회에 따라 변한다. 주입된 관념, 즉 시대와 사회의 맥락에 따라 달라지는 이데올로기 같은 것이다. 자연스러움에 편견, 강요, 억압, 불공정이 스며들 수 있다는 얘기다.

인간이 성교의 목적이 반드시 생식만은 아닌 시대에 산 지 오래됐다. 동성애의 관계가 자연스럽지 않다는 생물학적 근거는 없다. 정말로 비자연적인 것은 세상에 존재할 수 없지 않은가. 다만 특정 시대의 특정 문화가 금기시할 뿐이다. 대체로 고대에 동성애자는 흔했으나, 중세에는 화형에 처해졌다. 근대에 정립된 이성애의 기준은 동성애자를 비정상으로 차별하고 배제하는 권력 장치였다. 그리고 현대 사회에서는 동성애를 법으로 금지하지 않을 뿐 아니라 동성 부부 결혼을 법제화하는 흐름이 늘고 있다.

사회가 변하면 몸의 사용 방식도 변한다. 그 가변성은 하느님이 의도한 완전한 자연에 어긋나는 결과를 낳기도 할 것이다. 그 우발적인 결과를 하느님은 과연 어떻게 여길까. 의도하지 않았던 악이라며 내칠까. 아니면 당신도 미처

예상하지 못했을 동성애자를 그래도 사랑할까. 동성애자가
자신의 사랑으로 껴안으려 한다면 당신은 등을 돌릴까.
동성애에 대한 단테의 깊은 고민이 던지는 의문이다.

우발성은 하느님의 기획

하느님의 자연은 어떤 한 인간을 동성애자로 만드는
기술을 발휘하지 않았다. 아예 처음부터 그런 기술이
없었을지도 모른다. 그런데 동성애자가 생겨났다. 자연의
도면이 잘못 그려졌기 때문일까? 아니면 애초에 자연의
도면이 없었거나, 인간이 잘못 전달받았던 것일까? 또는
인간이 본래 도면에 없던 것을 그리거나 있던 것을 지워버린
것일까? 자연의 도면에 이미 그렇게 될 단초가 그려져 있었고
다만 실행되지 않았던 것 뿐일까? 그 무엇이든 자연이
반드시 인간을 위한 쪽으로 작동해 왔다고 단정할 수는 없다.
다만 이분법적 우열의 원리와 강요로 이어졌다는 점은
확실하다. 그것은 하느님의 의도인가, 아니면 하느님의
손에서 벗어난 우발적인 것인가?

단테는《향연》과《제정론》에서 이 문제를 풀 흥미로운
단서를 제공한다.

태양은 열기로 모든 사물에 생명을 부여한다. 혹시 어떤 것이 그 열기로 파괴되더라도, 그것은 원인의 의도 때문이 아니라 우발적인 결과다. 마찬가지로 하느님께서는 모든 사물에 선의 생명력을 부여하시는데, 혹시 어떤 사악한 것이 있어도 하느님의 의도 때문이 아니라 의도된 효과가 전개되는 과정에서 우발적으로 그렇게 된 것이다.
(《향연》3권 12장 8절)

세상 사물에 무슨 결함이 있든지 그 결함은 사물을 구성하는 질료에서 나오는 것이지, 창조주 하느님의 의도와 하늘과 아무런 관련이 없다.
(《제정론》2권 2장 3절)

인간의 삶은 하느님의 자연 섭리를 따라야 한다. 살면서 그러지 않은 일이 생긴다면, 그것은 하느님의 의도가 아니라 그 의도가 전개되는 과정에서 우발적으로 발생한 것일 수 있다. 결국 그 우발성이 하느님의 도면에서 어느 정도까지 벗어나도 되는지가 관건이다. 하느님은 과연 얼마나 멀리까지 우리를 품어줄까. 만약 인간의 우발적 행동이나 존재 방식이 하느님의 도면을 바꿔버렸다면, 그래도 하느님은 그런 인간을 여전히 사랑할까. 그런 인간도 당신의 천국으로 올라오라고 할까. 현대 가톨릭은 그럴 가능성을 부정하지 않는다. 설령 지옥으로 내친다 해도 사랑의 흔적은 남을 것이다.

우발성은 처음부터 하느님의 도면 속에 있다. 태양은 생명을 죽이기도, 살리기도 한다. 그럼에도 인간은 태양을 생명으로 보는 데 훨씬 더 익숙하다(위에서 말한, 생식을 자연의 기준으로 삼는 것도 여기서 비롯된 것이다). 이처럼 하느님의 원래 의도는 인간의 역사에서 자주 왜곡된다. 인간은 태양을 창조한 하느님의 의도를 그대로 수용하기보다는 해석하려 한다. 동성애를 둘러싼 논쟁도 마찬가지다. 하느님은 인간에게 절대적 기준을 부과하는 대신 자유 의지를 주었고, 그 덕분에 인간은 하느님의 의도를 거슬러 죄를 짓는 유일한 존재가 되었다. 자연스럽지 않은 것이 죄라면, 인간은 이미 자연에서 내쳐진 존재가 되었을 것이다. 어쩌면 죄는 자연 그 자체에 잠재적으로, 우발적으로 이미 들어 있는 것인지도 모른다. 어쨌거나 에덴에서 추방된 자, 하느님의 경계 밖으로 내쳐진 인간도 여전히 하느님이 그린 구원의 도면 속에 있다는 사실은 분명하다.

우리 시대에서 동성애는 한 사람이 자신의 정체성을 얼마나 드러내고 세상과 소통하고 관계할 수 있는가 하는 문제로 떠올랐다. 단테는 동성애의 문제를 그렇게 인간의 존재 방식에 관한 물음으로 환기하고 있었다. 하느님이 창조한 자연이 완전한 선의 표본이라면, 그 자연을 거스른다고 여겨지는 동성애는 어떤 사람에게는 최선最善으로 살아내야 하는 현실이다. 하느님이 얼마나 받아들이든, 그 최선의 현실은 내내 그분 앞에 있을 것이다. 몸뿐 아니라 경제든 도덕이든 정치든, 그 어떤 불완전함으로 그분에게 비치든 상관없이 말이다.

동성애가 최선으로 살아내야 하는 현실이라는 말은 꼭 동성애를 정당화하거나 지지한다는 뜻이 아니라, 그 '결함'의 선택이 원래부터 불완전한 존재인 인간으로서 누군가가 겪고 있는 운명이라는 뜻이다. 인간은 스스로의 결함을 최선으로 살아내는 길을 걷는 존재다.

그런 한에서 하느님은 인간을 떠나보내지 않을 것이다. 바로 이것이 하느님을 바라보며 인간을 새롭게 세워나가려 했던, 단테가 늘 마음에 품고 있던 과제였을 것이다.

8

주술

지옥의 주술을 버리고 천국의 예언으로

너무 앞을 보려 하는 자들

지나치게 앞일을 내다보려 했던 자들이 지옥에 떨어져,
몸은 앞으로 나아가지만 머리는 뒤로 꺾인 채
뒤만 봐야 하는 형벌을 받고 있다. 눈물이 등골을 타고
흘러내려 엉덩이를 적신다. 마르티니는 만토바를 건설했던
주술사 만토의 당혹스러운 얼굴, 돌아보고 싶지 않은
과거를 마주해야 하는 몸의 주춤거림, 미래를 넘보려다
과거에 갇히는 아이러니를 포착한다.

인간, 별의 관찰자

단테는 어두운 숲에서 길을 잃고 헤매다 언덕 위의 별빛을 올려다보며 삶의 희망을 되찾는다. 캄캄한 지옥에서 벗어나 연옥에 올랐을 때, 머리 위에는 새벽 별이 빛나고 있었다. 천국으로 가는 길은 별빛이 인도하는 구원의 순례였다. 《신곡》을 구성하는 〈지옥〉과 〈연옥〉, 〈천국〉의 마지막 행은 모두 '별stella'이라는 단어를 품고 있다. 지옥에서는 별을 그리며, 연옥에서는 별을 올려다보며, 천국에서는 별과 함께, 단테는 길을 만들어갔다.

오랫동안 인간은 별의 운행이 세상의 변화와 맞물린다고 생각했다. 중세에서 천문학astronomy과 함께 점성학astrology은 별의 정확한 관측과 수학적 계산에 기반을 둔, 대학에 공식

개설된 학문이었다. 천문학이 별의 운동을 관찰하고 기술하는 학문이라면, 점성학은 그 운동의 의미를 해석해 삼라만상의 이치를 탐구하는 '이성의 과학'이었다(부록〔그림 9〕, 〔그림 10〕 참조).

단테는《신곡》에서 신의 세계를 거대하고 정교한 건축물로 설계하면서 점성학을 활용했다. 또한 점성학을 철학, 신학, 법학, 의학과 나란히 신과 인간의 관계를 설명하는 학문 체계로 응용했다. 단테에 따르면, 신은 하늘의 운동을 통해 섭리를 드러내고, 인간은 별의 운동을 관찰함으로써 그 섭리를 이해할 이성적 능력을 지닌 존재다(〈서간문〉 5번 서신 8절). 인간은 본성상 이성적 존재이기에 섭리를 인지하고 따른다. 그렇지 않고 요행을 바라거나 충동에 따라 사는 것은 인간답지 못하다. 이런 관점에서 단테는《신곡》을 "하늘과 땅이 서로 손을 잡았던 거룩한 시"(〈천국〉 25곡 1~3행)라고 부르면서, 신이 기준이 되는 동시에 인간도 기준이 되는 구도를 생각했다. 점성학은 하늘의 섭리를 아는 데서 그치지 않고, 인간이 스스로의 의지를 통해 섭리에 부응하려는 노력을 기울일 때 작동하고 완성되는 학문이었다.

이성을 흐리는 거짓

어두운 하늘에서 빛나는 별을 관찰하는 것은 신이 인간에게 내린 은총이었다. 그러므로 별이 없는 지옥은 신과 인간의 관계를 그렇게 구축하고 설명하는 점성학이 왜곡될 수밖에 없는 곳이다. 단테는 인간이 이성의 능력으로 신의 섭리를 인식하고 실현하는 과정이 구원이라고 생각했다. 단, 여기서 말하는 이성은 섭리와의 결합 속에서만 제대로 성립하고 작동한다. 섭리와 이성은 서로를 필수 불가결의 존재로 전제하는 관계를 맺는다.

반면, 주술은 그런 이성을 마비시키는 혹세무민의 사기술이며 교사죄에 해당한다. 주술은 사회 전체를 위한 이성적 분석과 실천의 능력도, 의사도 없이, 특정 세력의 욕망이나 이익, 입장을 기필코 관철시키려 든다. 주술은 불신과 혼란, 선동과 대립, 분열과 위선을 먹고 자라난다. 에컨대 주술적 사고는 사회적 약자나 소수사 문제를 토론과 합의의 대상으로 올리는 대신, 무조건 혐오와 배제의 대상으로 몰아간다. 마음에 안 든다고 상대를 괴롭히는 사이버 폭력이나 믿고 싶은 것만 믿게 만드는 가짜 뉴스도 주술적 사고의 산물이다.

내 눈이 그들의 아래쪽으로 내려가자

놀랍게도 하나같이 턱과 가슴이 시작되는
곳 사이가 비틀린 듯이 보였다.

얼굴이 허리 쪽으로 돌아갔고,
그에 따라 앞을 볼 수 없기에
뒷걸음치며 걸어야만 했다.
(〈지옥〉 20곡 10~15행)

단테는 지옥의 여덟째 고리로 내려간다. '사악한
주머니'라는 뜻의 말레볼제Malebolge(11장 〈위조〉 참조)라고
불리는 그곳은 열 개의 구렁으로 이루어져 있다. 그는 넷째
구렁에서 주술로 세상을 현혹하던 자들이 처벌받는 광경을
목격한다. 그들은 몸은 앞으로 걷지만, 얼굴은 뒤로 돌아가
뒤만 바라본다. 목이 꺾여 말은 하지 못하고 눈물만 흘리는데,
눈물은 등골을 타고 내려가 엉덩이를 적신다. 목이 뒤로 꺾인
것은 너무나 앞을 보려 했기 때문이고, 말하지 못하는 것은
말로 죄를 지었기 때문이다.

지옥의 주술이 죄가 되는 이유는 다음과 같다. 첫째, 너무
앞만 보려 하면서 지금 여기의 현실을 외면하고 요행을
바란다. 둘째, 어떻게든 자기 의도에 맞추려는 인지적 편견에
사로잡히는데, 원하는 결과를 간절히 바랄 때 이러한 확증
편향이 특히 심해진다. 셋째, 결과적으로 주변의 다른

사람들을 속이게 된다. 넷째, 자기 힘으로 삶을 살아가려는 의지와 용기를 잃는다.

길을 가리키는 별은 섭리의 표시이며, 그 별을 바라보며 걷는 길은 미래를 섭리에 맞춰 도모하려는 의지의 소산이다. 하늘과 땅이 손을 맞잡는 구도는 의지가 섭리에 응답해야 가능해진다. 그러나 자신의 한계를 느끼고 의지가 약해질 때 주술은 원하는 것을 뭐든 이루어주겠다고 유혹한다. 그 원하는 것은 섭리를 살펴 나오지 않은, 당장의 어떤 욕망에 이끌린 것이기 쉽다. 권력과 재화를 향한 주체할 수 없는 탐욕이 대표적인 예다.

주술에 지식이 있는 사람들이 주술을 믿고 거기에 의존한다. 지식을 갖춰 주술을 믿고 의존할 준비가 된 것이니, 그 안에서 쳇바퀴를 도는 셈이다. 허황된 거짓은 자만심을 키우고, 자기도 속이고 남도 속이는, 현실 부정의 환각이 자라난다. 이런 과정이 지속되면 환각에 중독되어 의지박약에 이르고, 사심과 편견에 사로잡혀 차별과 분열을 통해서만 힘을 다시 생산하는, 배타적이고 자기중심적인 악순환을 반복한다. 그리하여 결과가 잘못되면 책임을 엉뚱한 곳에 미루고 남 탓만 연발하는 무능력과 부도덕, 만성 무기력에 빠진다.

미래를 만드는 천국의 예언

단테는 합리적 소통과 결정에 따라 움직이는 사회를
강조하며 주술을 지옥행 죄로 확정한다. 예언은 주술과 달리
초월적 힘과 질서에 대한 믿음 위에서 행위와 가치의 방향을
정하는 일이다. 제도 종교는 물론 자본주의, 자유주의,
민족주의와 같은 사회 이념도 그런 기능을 한다. 우리는
주술이 아니라 예언을 수행하기 위해서 미래에 대한 맹목적
믿음을 경계하고 방향을 합리적으로 조절하는 의지와 판단,
행동이 필요하다. 그 일이 곧 정치다.

단테가 연옥에서 만난 마르코 롬바르도의 발언을
들어보자.

> "살아 있는 그대들은 마치 모든 것이
> 필연에 따라 움직인다는 듯,
> 모든 원인을 저 위 하늘에 돌리지요.
>
> 만일 그렇다면, 그대들에게서 자유 선택은
> 소멸할 것이며, 선에 대한 기쁨도
> 악에 대한 슬픔도 옳게 갖지 못하리오.
>
> 하늘은 그대들 움직임을 시작합니다.

하지만 모든 것은 아니며, 모두라 하더라도,
그대들에게 선과 악의 빛이 주어졌으며,

자유 의지는, 처음에는 하늘과의 첫 싸움에서
힘이 들더라도, 잘 키워나가면,
나중에는 모든 것을 이긴다오.”

(〈연옥〉 16곡 67~78행)

하늘은 인간을 존재하게 했지만, 인간의 모든 것을
관장하려 들지는 않는다. 모든 것을 하늘이 관장한다면
인간이 지옥에 떨어지는 일은 없지 않겠는가. 그러므로
하늘에 책임을 떠넘기는 일은 곧 자신의 자유로운 존재를
부정하는 것이며, 선을 기뻐할 줄도, 악을 슬퍼할 줄도
모르는, 영혼 없는 상태가 되는 것이다. 롬바르도가 말하는
“하늘과의 싸움”이란 하늘의 도움 없이도 인간 스스로 선과
악을 구별하고 의지를 행사하려는 노력을 가리킨다.
　선이 실종된 세상은 하늘 탓인가, 인간 탓인가. ‘신의
섭리냐, 인간의 자유 의지냐’는 오랫동안 논란이 분분하게
이어져 온 문제다. 단테는 아무래도 인간이 먼저 의지를
발휘해야 섭리도 따라온다고 믿는 편이다. 그러니 선이
사라진 원인을 따진다면 하늘 탓이 아니라 인간 탓으로 봐야
한다.《신곡》이 하느님의 세계를 여행하는 이야기이면서도,

인간이 추구하는 정치와 윤리 이야기로 채워진 이유다.

천국에 오른 단테는 13세기 프랑스 왕이었던 샤를 마르텔 앙주에게 중요한 언질을 받는다.

> "썩어질 밀랍에 인장을 찍는
>
> 순환하는 자연은 제 기술을 잘 부리지만,
>
> 이 집 저 집을 따지지는 않지요.
>
> (…)
>
> 신성한 섭리가 억제하지 않는다면,
>
> 태어난 본성은 언제나
>
> 잉태하는 자들과 비슷한 길을 걸을 것이오."
>
> (〈천국〉 8곡 127~135행)

인간에게 별은 신의 섭리를 전달받는 하나의 지표와 같다. 그러나 별의 성격을 단정하고 자신의 행동에 대한 책임을 별에만 미룬다면, 이는 미신의 점성학이자 이단의 신격화일 뿐이다. 별이 어떤 영향을 미치든, 섭리는 선을 선택하는 우리의 의지와 능력을 위축시키지 않는다. 탄생 별자리가 이쪽저쪽으로 이끌 수는 있으나(〈천국〉 8곡 122~125행), 우리는 자신을 조절하는 힘을 최선으로 가동하고 그 선택과 결과에 책임을 져야 한다.

흔히 말하는 '흙수저'는 자연이 아니라 인간과 사회가

만든다. 자연은 자체의 법칙에 따라 한세상 사는 유한한
운명("썩어질 밀랍")을 각 개인에 부과하지만, 그 운명은
부모로부터 타고난 재산과 환경으로 결정되지 않는다. 섭리는
개인이 타고난 대로가 아니라 스스로 의지에 따라 살아가는
환경을 조성하고, 저마다 다른 삶의 의미와 목표 아래 필요한
역할을 담당하도록 이끈다(《향연》 4권 24장 10절, 《제정론》 1권
10장 1절). 이것이 "순환하는 자연"이 작동하는 원리고, 그
원리를 세상에서 구현하는 것이 곧 정치다. 우리는 그러한
섭리에 부응하면서 서로 다른 삶의 방식들을 조정하고 더불어
살아가는 "시민의 삶"(《천국》 8곡 115~120행)을 영위하는
정치적 존재임을 잊지 말아야 한다.

단테, 천국을 미리 본 자

싱 베드로는 천국에서 단테를 "아들"이라 부르며 이렇게
당부한다.

> "아들아, 필멸의 무게로 아래로 돌아갈
> 그대는 입을 열어
> 내가 감추지 않는 것을 감추지 마라."
> 《천국》 27곡 64~66행)

베드로는 단테가 불멸의 영혼 세계에서 필멸의 육신 세계로 돌아갈 것을 알고 있다. 육신에서 나오는 필멸자의 무게는 세상을 위한 임무의 무게이기도 하다. 이 말을 하기 전까지 베드로는 섭리가 부패한 교황들을 벌하기를 기원하고 있었다. 자기가 그렇게 할 일을 하듯 단테도 할 일을 해야 한다고 말하고 있다. 더욱이 입을 열어 감추지 말라는 언급은 글을 쓰라는 뜻이다. 《신곡》 집필에 특별히 필요한 작가의 역량을 일깨우고 있으며, 예언자 시인의 소임을 부여하고 있다.

단테는 천국을 미리 본 시인이다. 그는 하늘의 별을 바라보며 자신을 끊임없이 성숙시키려는 노력을 《신곡》에 담아냈다. 노력의 핵심은 단순하다. 아무리 선을 사랑한다 해도 사랑이 지나치게 부족하거나 넘치면 결국 죄를 짓게 되므로, 사랑의 방향과 정도를 조절하는 의지가 필요하다. 이는 충동에 휘둘리는 어린아이가 자라면서 이성적 판단력을 갖추고 더 자율적인 존재로 성숙하는 과정과 비슷하다. 이런 과정을 거치지 못한 사람은 주술에 의존하는 무지에 사로잡혀 제 영역만 고집하는 패거리 놀이에 몰두하기 쉽다. 주술이 조장하는 반지성주의는 지옥의 현실을 직시하고, 나아가 견디고 바꾸려는 용기와 행동을 마비시킨다. 거대한 위기의 시대에서 그러지 않아도 불안하고 약해지는 우리 삶을 허위에 기대게 하고 와해시킨다.

　　예언은 미래를 알아맞히지 못할 때가 아니라 예언의
언어가 모호하여 이해하기 힘들 때 죄가 된다. 단테가
천국에서 만난 그의 고조부 카차귀다는 기만적인 예언의
특징을 "모든 죄를 가져가는 하느님의 어린 양이 죽음을
당하시기 전에 어리석은 사람들이 이미 말려든 그
애매함"(〈천국〉 17곡 31~32행)으로, 반면 진정한 예언의 특징은
"분명한 말과 명징한 어법"(〈천국〉 17곡 34행)으로 묘사한다.
카차귀다는 그리스도 이전의 예언자들처럼 모호하고
불가해한 말로 사람들을 조롱하거나 기만하지 않고, 단테의
미래를 분명하게 말해주고 있다. 예언 자체는 죄가 아니다.
예언이 죄가 되는 것은 명징한 소통을 동반하지 않았을 때다.
미래를 예언하는 유일한 방법은 미래를 우리의 바람과
일치시키기 위해 최선을 다하는 것이고, 명징한 소통은 그를
위한 필수 과정이다.

　　천국의 예언은 인간이 신 앞에 어떻게 서야 하는지
한 점의 의혹도 없이 알려준다. 천국의 예언은 엄정한 분석과
판단 위에서 사회 경영의 구체적 방향을 제시하고 그 위에서
미래를 구상하고 소통하라는 명령이다. 천국의 예언은 특정
무리와 주장, 이익, 승리에 관심이 없다. 법을 집행하고 사람을
구하는 보편타당한 정의와, 약자와 소수자에게 눈을 돌리는
공평무사한 긍휼의 실천이 공동체의 필수 덕목이다. 얼마나 더
넓게 포용하고 얼마나 더 의롭게 행동하는지가 신의 섭리와

은총을 더 많이 받는 보편 기준이 된다.

　이는 신을 더 닮으려는 의지와 실천의 문제다. 신의
내리사랑만으로는 충분하지 않다. 우리 인간은 스스로
빛을 내지 못하는, 별빛을 반사해야 비로소 빛을 내는 존재다.
하늘의 별을 올려다보며, 발길이 길에서 벗어나고 있지
않는지 자꾸자꾸 되돌아보아야 한다.

9

탐욕

탐욕의 암늑대를 도륙하는 사냥개

세이렌의 꿈에서 깨어나는 단테

늙고 추한 세이렌은 잠에 취한 단테에게
젊고 아름다운 모습으로 다가온다. 베르길리우스가
베아트리체의 명령을 받아 그녀의 옷을 거칠게 잡아 찢는다.
드러난 썩은 배에서 악취가 뿜어져 나오고, 단테는
잠에서 깨어난다. 탐욕의 상징 세이렌의 이중성을 깨닫는
이성이 작동하는 순간이다. 마르티니는 악취를 마귀 얼굴로
그렸다. 하늘에서 천사가 빛을 내고, 베아트리체의
머리에는 후광이 걸려 있다. 성찰의 빛들이다.

현혹의 노래로 탐욕을 부르는
부패한 세이렌

탐욕의 죄를 씻는 연옥의 다섯째 둘레에서 단테는 세이렌을
만나는 꿈을 꾼다. 세이렌은 그리스 신화에서 항해하는
선원들을 노래로 유혹하여 죽게 만드는 요녀로 등장한다.
얼굴과 상반신은 아름다운 여사의 모습이지만 하반신은 새의
나리와 발톱, 또는 물고기의 꼬리인 괴물이다. 세이렌의
본모습은 늙어 육체가 뒤틀리고 안색이 파리하건만, 잠에 취한
단테에게는 그저 사랑스러운 젊은 여자로 보인다.

　　　말 더듬는 여자가 꿈에 내게 왔는데,
　　　사팔뜨기에 다리가 굽었고

손은 뒤틀리고 안색이 창백했다.
(〈연옥〉 19곡 7~9행)

육체적 왜곡은 부절제한 탐욕으로 인한 도덕적 탈구를
상징한다. 말을 더듬는 혀는 정상적인 의사소통을 방해하고,
사팔눈은 평범한 선조차 외면하며, 절름발은 진실한 길로
나서지 못하고, 곱은 손은 정직한 노동을 회피하며, 창백한
안색은 사랑으로 발그레한 얼굴을 가린다.

세이렌이 일찍이 수많은 뱃사람을 홀려 죽게 만들었던
노래를 부르자 단테는 점점 마음을 빼앗기고 혼미해진다.
로마의 철학자 보에티우스의 외침이 떠오른다. "파멸로
유혹하려는 세이렌들이여!"(《철학의 위안》 1권 산문 1장 11절)
이 장면은 연옥에 처음 도착해서 카셀라의 노래를 들으며
잔잔한 위로를 받았던 때와 선명하게 대조된다.

단테가 세이렌의 노래에 홀려 죽어가던 순간, 고결한
여인 베아트리체가 나타나 노한 목소리로 베르길리우스를
부른다.

"오, 베르길리우스, 베르길리우스, 이 여자는 누구인가?"
그녀가 분개하여 말했다. 그러자 그가
저 고결에 줄곧 시선을 둔 채 앞으로 나섰다.

그는 다른 여자를 붙잡아 옷을 찢고
앞자락을 젖혀 내게 배를 보여주었는데,
거기서 나오는 악취와 함께 잠에서 깼다.
(〈연옥〉 19곡 28~33행)

베르길리우스는 베아트리체의 고결한 모습에 시선을
고정한 채 세이렌("다른 여자")에게 다가가 옷을 찢고
앞자락을 젖혀 배를 드러내 보여준다. 베르길리우스는 고결한
이미지를 시야에 간직하면서, 단테에게 정반대의 이미지를
인지시키고자 한 것으로 보인다. 추악한 진실의 고발은
고결을 유지해야 할 수 있는 일이다. 세이렌의 배를 가린
화사한 옷이 들춰지자 견딜 수 없는 악취가 진동한다. 그것이
단테의 잠을 깨우고, 세이렌은 사라진다.
　세이렌은 사람들을 유혹하여 탐욕의 죄를 짓게 만드는
요부다. 실제로는 추하고 늙었지만 일단 사로잡히면 마냥
젊고 아름답게 보인다. 탐욕도 그런 속성을 지녔다. 겉보기에
그럴듯하고 매혹적이지만 실체는 왜곡되고 부패한 욕망이다.
세이렌이 젊고 아름다워 보인 것은 잠에 취해 흐릿해진
단테의 시력 탓이다. 단테는 부패한 피렌체인들을 비난하며
이렇게 말했다.

여러분은 눈이 멀어서 여러분을 지배하는 탐욕을

세이렌은 온갖 세속적 욕망을 자극하여 사람의 눈을
어지럽힌 뒤, 죄의 구렁텅이로 끌어들인다. 세이렌의 노래에
취한 단테의 모습은 잠에 빠져 어두운 숲을 밤새 헤매던 때를
떠올리게 한다. 그때 단테는 언덕 위로 떠오르는 새벽 별을
향해 나아가려 하지만, 암늑대가 나타나 앞을 가로막았다.
암늑대를 물리치지 못하면 다시 어둠으로 밀려나야 하는
절체절명의 순간, 베아트리체의 부탁을 받은 베르길리우스가
나타나 암늑대와 정면 대결하도록 단테를 이끌었다. 이번에
세이렌의 미혹에서 단테를 꺼낸 이들도 베아트리체와
베르길리우스다.

충족을 모르는 탐욕

세이렌처럼 암늑대도 탐욕의 상징이다. 단테는 세이렌의
달콤한 노래에 홀리고 암늑대의 굶주린 주둥이에 물려 탐욕의
죄를 지은 자들을 지옥의 넷째 고리에서 목격한다. 숫자가
하도 많아 누가 누군지 구별도 되지 않는다. 그만큼 탐욕이
세상에 널렸다는 얘기다. 단테는 "충족을 모르는 맹렬한

탐욕"(〈서간문〉6번 서신 2절)이 모든 죄의 근원이며, 그 여파는 한도 끝도 없다고 보았다. 거꾸로 말해, 탐욕을 잘 조절하기만 하면, 그 수많은 죄에서 벗어날 수 있다는 뜻이기도 하다.

> 다른 어디보다 더 많은 사람들이 보였으니,
> 이편과 저편에서 비명을 내지르며
> 가슴 힘으로 무게를 돌리고 있었다.
>
> 그들은 서로 마주치곤 했으며, 뒤로 돌아
> 저마다 서로를 향해 외치고 있었다.
> "왜 모으나?" "왜 낭비하나?"
> (〈지옥〉7곡 25~30행)

가지려고만 했던 탐욕의 죄인들은 쓰려고만 했던 낭비의 죄인들과 뒤섞여 벌을 받는다. 이들은 무거운 바위를 지고 반원을 그리며 돌다가, 서로 마주치는 지점에 이르면 각자 상대의 죄를 비난하고 꾸짖은 다음, 다시 몸을 돌려 반대 방향으로 돌아선다. 또다시 반원을 그리고, 다시 마주치고, 다시 돌아선다. 끝없는 반복이다. 단테는 《향연》에서 아리스토텔레스를 인용하여 모든 사물은 본래 지닌 덕성을 실현할 때 가장 완전하므로, 원도 진정으로 원일 때 가장 완전하다고 강조한다(4권 16장 7절). 원을 그리는 천국의

운동이 완전한 충족을 뜻한다면, 반원을 그리는 지옥의
운동은 반복하여 원점으로 되돌아가야 하는 영원한 결핍을
비유한다. 세상에서 지칠 줄 모르고 뻗쳤던 욕망이 여기
지옥에서는 끝없이 소멸하는 것이다.

탐욕은 모든 죄의 근원

단테는 죄를 크게 부절제, 폭력, 사기로 구분했는데,
탐욕은 낭비와 함께 부절제에 속한다. 탐욕은 소유의
부절제를, 낭비는 공유의 부절제를 뜻한다. 탐욕가는
축재蓄財의 욕망을 절제하지 못하고, 낭비자는 소비의 욕망을
절제하지 못한다는 말이다. 혼자만 다 가지면 다른 사람은
가질 것이 없고, 혼자만 다 써버리면 다른 사람은 쓸 것이
없어진다. 너무 갖기만 해도, 너무 쓰기만 해도 적절하지
않다. 내 소유물을 내 마음대로 쓰겠다는 탐욕스러운
낭비자에게는 소유와 공유의 공공성, 즉 함께 소유하고 함께
누린다는 윤리 의식이 없다. 재화는 적절히 갖고 적절히 써야
한다는 단테의 신념에는 양극단을 조절하여 중용에 이르는
상태가 정의라는 아리스토텔레스 윤리의 기본 원리가 배어
있다. 그런데 단테는 낭비보다 탐욕에 비판을 더 집중한다.
가지려고만 하는 것에 비해 쓰는 것은 그나마 관대, 자선,

분배에 다가갈 수 있다고 생각했던 것 같다.

　　단테는《향연》에서 탐욕을 자신에게 저지르는 죄와 이웃에게 가하는 죄로 나눠 설명한다. 첫째, 탐욕은 필요 이상 가지려는, 조절하지 못하는 '욕망'이라는 점에서 자신에게 저지르는 죄다. 둘째, 탐욕은 실제로 재화를 지나치게 획득하고 소유하는 '행위'라는 점에서 이웃에게 저지르는 죄다. 세상의 재화는 한정돼 있고 다수가 동시에 소유할 수 없기 때문에, 한 사람이 필요 이상으로 지나치게 차지하고 누리면 누군가는 결핍으로 고통을 당할 수밖에 없다(《향연》 4권 27장 12~15절). 재화의 과도한 집중으로 인한 불균형 성장과 경제적 불평등은 사실상 개인과 기업, 사회가 탐욕을 주체하지 못해 일어나는 현상이다. 각자의 몫을 기꺼이 줄일 줄 아는 청빈과 자기 몫이 줄어도 흔쾌히 나눌 줄 아는 정의. 이들을 삶의 기쁨으로 누릴 줄 몰라 생기는 일이다.

　　베르길리우스는 이러한 탐욕의 죄를 지은 자들 가운데 유독 성직자가 많다는 사실을 알려준다.

　　　　"정수리에 머리카락 한 올 없는 이들은
　　　　성직자, 교황과 추기경이었다.
　　　　탐욕은 그들 안에서 한도 없이 자라난다."

　　　　그래서 내가, "스승이여, 이 무리 가운데서

그러한 죄로 더럽혀졌던 자들을
몇이라도 잘 알아봐야 할 텐데요.”

그러자 그가 내게, “헛된 생각이로다.
무분별한 생활로 더러워져 이제는
아무리 해도 분별할 수 없으니 말이다.”
(〈지옥〉 7곡 46~54행)

올바른 사랑은 선한 의지에 깃들고 잘못된 사랑(탐욕)은
사악한 의지와 결합한다(〈천국〉 15곡 1~3행). 중세에서 탐욕은
자선, 관대, 돌봄, 분배를 장려하는 그리스도교의 사랑 정신에
정면으로 반하는 가장 무거운 죄였다. 단테는 특히 세속의
권력에까지 눈독을 들이는 교황들의 탐욕에 주목한다(“목자의
지팡이에 칼이 더해졌으니”, 〈연옥〉 16곡 110행). 로마 황제
콘스탄티누스 1세가 그리스도교로 개종하면서 막대한 재산을
헌납한 이래 교황들은 금과 은으로 하느님을 섬기며 우상
숭배자가 되었고, 그들의 탐욕은 세상을 슬프게 하고 선을
짓밟으며 악인을 추어올렸다(〈지옥〉 19곡 104~115행). 그들은
“그리스도를 하루 종일 사고파는”(〈천국〉 17곡 50행), “목자의
옷을 입은 탐욕스러운 늑대들”(〈천국〉 27곡 55행)이 되어 양
떼를 유린한다.

베르길리우스는 탐욕의 죄인들을 살피는 단테에게

죄인들이 너무 더러워져서 누가 누구인지 알아볼 수 없을
거라고 말해준다. 세상에서 분별을 모르고 너무 모으거나
써버리는 행태가 몸을 더럽혀 이제는 그들 자신이 분별의
대상이 되지 못한다. 이러한 무분별함은 인간을 인간답게
만드는 성찰의 결여를 뜻한다. 탐욕은 인간에게서 인간의
모습을 빼앗고, 성찰은 인간에게 인간의 모습을 보게 해준다.
성찰은 탐욕에 맞서는 힘이며 희망이다.

황금의 지겨운 굶주림

"아들아, 이제 넌 볼 수 있으리니,
재화는 운명에 맡겨져 있건만,
인간은 그 짧은 바람 때문에 다투는구나.

달 아래 있는, 언제나도 있었넌
황금을 전부 바쳐도 이 지친 영혼들 중
하나라도 쉬게 할 수 있더냐."
(〈지옥〉 7곡 61~66행)

베르길리우스는 계속해서 단테에게 탐욕의 본질을
말해준다. 세상에서 탐욕에 몸부림치던 영혼들은 지옥에

떨어져 무거운 바위를 짊어진 채 쉴 새 없이 움직여야 한다. 끝을 모르던 그들의 탐욕이 이제는 끝없는 형벌로 되돌아와 그들을 몰아세운다. 삶을 송두리째 바쳐 손에 넣은 황금이 단한 순간 휴식조차 주지 못한다는 베르길리우스의 말에는 신랄한 조롱의 느낌이 담겨 있다.

탐욕이란 "황금의 지겨운 굶주림"(〈연옥〉 22곡 38행)과 같다. 암늑대의 허기진 목구멍처럼 충족과 평화를 모른다. 아무리 많이 가져도 더 갖고 싶어 마음이 편치 않고, 불어난 재화에 대한 걱정과 두려움이 떠나지 않는다. 그렇게 재화가 언제나 불완전한 상태로 존재하기 때문에 재화를 향한 욕망은 우리를 늘 더욱더 불완전하게 만든다. 이 문제의 해결책은 불완전한 것을 나눠 완전함을 얻는 것이다(《향연》 4권 11장 13절). 이런 훌륭한 교환을 모른다면 천국의 충족에 이르지 못한다. 천국의 충족은 공공선을 위해 부와 권력을 함께 나누는 분배의 정의로 실현된다.

그리스도의 솔기 없는 옷을 찢은 것은 탐욕의 발톱이었다(《제정론》 1권 16장 3절, 〈요한의 복음서〉 19장 23~24절). 우연이든 행운이든 합법이든 불법이든, 재화를 획득하는 일은 선보다는 악에 가까울 수밖에 없다. 선한 사람은 요행을 바라지 않을 뿐만 아니라 재화보다 더 중요한 일에 관심을 쏟기 때문이다. 올바른 욕망과 진실한 생각이 있는 사람은 재화를 사랑하지 않는다(《향연》 4권 13장

15~16절). 재화를 가진 사람은 그 재화를 잃을까 봐 두렵기만 하다. 두려워하지 않아도 될 대상을 두려워하니 비겁해질 수밖에 없다. 이웃과 사회뿐만 아니라 자신과 인생에 확신이 없고, 눈치를 보며 시류에 떠다닌다.

단테는 재화가 인간의 힘이 아니라 운명에 따른다고 확신한다. "풀 속의 뱀처럼 은밀한"(〈지옥〉 7곡 84행) 운명은 보이지 않는다기보다 어디로 갈지 알 수 없는 대상이다. 이 진실을 모르는 무지한 우리는 재화를 탐하며 스스로와 이웃을 괴롭힌다. 우리는 운명이 등을 돌려 불행이 왔다고 불평하지만, 잘 생각해보면 운명이 등을 돌린 원인은 재화처럼 쉽게 스러지는 것을 지나치게 갈망하고 빠져드는 우리 자신이다(보에티우스, 《철학의 위안》 2권 산문 2장 1~8절). 단테는 고대 로마의 철학자 보에티우스의 이러한 성찰을 염두에 두었던 것 같다. 그리고 더 나아가, 운명을 섭리처럼 대하고 거기에 우리 의지를 조화시켜야 한다는 생각에 이른다(〈연옥〉 5곡 91~93행;《제정론》 2권 9장 8절).

불완전한 재화를 분배의 정의로 교정하는 일은 인간의 윤리적 의무다. 단테는 재화의 불완전함을 이해하지 못하는 인간의 무지를 비난하고 분별력을 갖추라고 강조한다. 그래서 지옥을 "눈먼 세상"(〈지옥〉 3곡 47행, 6곡 93행, 10곡 58행, 12곡 49행, 27곡 27행;〈연옥〉 4곡 13행)이라고 거듭 말하지 않았던가. 재화의 불완전한 본질을 깨닫고 그것을 조절하는

절도와 절제는 재화의 불완전함을 깨닫지 못하고 거기에
휘둘리는 탐욕과 인색에서 벗어나게 해준다. 개인과 사회의
자기 교정과 분별이 평정과 만족으로 오래 지속되는 상태가
천국의 기쁨이다.

재화의 불완전함을 분별하고 교정하는 우리의 노력은
완전에 이를 수 없다. 우리는 재화의 욕망에 언제든 다시
휘둘릴 수 있다. 다만 재화의 불완전함을 깨닫고 끊임없는
조절의 노력을 기울여야 할 뿐이다. 그것이 운명이고 섭리다.
섭리를 깨닫고 운명을 받아들이면 탐욕 대신 평정이 생긴다.
재화가 우리 손에 들어 있지 않듯, 운명도 우리 눈을 가린 채
자신의 바퀴를 돌린다. 운명을 겸허히 받아들이는 동시에
최선을 다해야 하고, 최선을 다하되 닥쳐오는 운명은 겸허히
받아들여야 한다. 그것이 천박하고 불완전한 재화에 맞서
우리 스스로를 고결하고 완전하게 만드는 길이다.

암늑대를 퇴치할
우리 시대의 사냥개

나는 모조리 바닥에 엎어져
얼굴을 숙인 채 울고 있는 자들을 보았다.
(〈연옥〉 19곡 71~72행)

연옥의 다섯째 둘레에 오른 단테는 탐욕의 죄를 씻고 있는
영혼들을 만난다. 이들은 바닥에 엎드린 채 눈도 들지 못하고
울기만 한다. "종말로 날아가는 짧은 세상"(〈연옥〉 20곡 37행)의
덧없는 재화와 권력, 명예에 사사로이 집착하여 인간의 보편적
정의를 세우는 일을 외면한 죄를 참회하는 중이다. 이들이
마침내 죄를 씻고 난 현장에는 천사의 목소리가 울려 퍼진다.

> 그는 정의를 갈망하는 자들은
> "행복하다"고 말했는데, 그의 목소리는,
> "목마른" 외에 더 들려오지 않았다.
> (〈연옥〉 22곡 5~6행)

천사("그")의 목소리는 끊겨서 들려온다. "옳은 일에
주리고 목마른 사람은 행복하다"라는 성경 구절이다(〈마태오의
복음서〉 5장 6절). 특히 "행복하다"와 "목마른"이라는 단어들이
단테의 귓가에 남는다. '목마름'은 '굶주림'과 함께 "옳은
일"을 향한 욕망을 표현한다. 올바른 욕망이 탐욕의 죄를
씻어주고 행복으로 이끈다. 그래서 단테는 탐욕의 죄를 씻는
자들을 "정의를 갈망하는 자들"이라 부른다.

우리 시대의 탐욕은 어떤 얼굴을 하고 있는가. 우리는
그 얼굴을 어떻게 대하고 있는가. 어두운 숲에서 탐욕의
암늑대와 맞닥뜨린 단테에게 베르길리우스는 정의로운

사냥개의 출현을 예언한다.

> "암늑대와 짝을 짓는 동물들이 허다하니,
> 사냥개가 와서 그것을 고통스럽게 죽이기
> 이전까지, 계속해서 더 많아지리라.
>
> 이 사냥개는 흙도 쇠도 아닌
> 지혜와 사랑과 덕을 먹고 살 것이며,
> 그의 나라는 펠트로와 펠트로 사이에 있으리라."
>
> (〈지옥〉 1곡 100~105행)

　탐욕의 암늑대가 사람("동물")들과 닥치는 대로 정을 통하며 번식하리라. 이 끔찍한 짐승을 도륙하여 무분별한 탐욕의 씨를 말려버릴 사냥개의 정체는 오래된 논란거리다. 세상을 구하러 내려온 예수일 수도 있고, 평온한 청빈과 천국의 충족을 실천한 성 프란체스코, 그들을 본받아 인간의 길을 모색했던 단테 자신, 단테의 강력한 후원자였던 베로나의 영주 칸그란데 스칼라, 또는 시대와 사회의 거대한 변화 자체를 의미할 수도 있다. 그 누구든, 권력과 재화("흙과 쇠")에서 자유롭고 "지혜와 사랑과 덕"을 갖춘다는 점이 중요하다.

　우리 시대의 사냥개는 무엇인가? 사냥개가 세울 새로운

나라는 어디에 있는가? 부절제한 욕망이 불공평한 분배를
부추기는 시대에서 탐욕의 조절은 공공의 선과 정의에
참여하는 필수 조건이다. 누구나 항상 자신의 욕망을 공공의
거울에 비춰봐야 한다. 이 '성찰적 나르시시즘'이야말로 끝도
없이 탐욕스러운 '성장 사회', 세이렌의 시커먼 뱃속에
자리한 허구성을 드러내 보여주고 조절과 충족의 '성숙
사회'를 새로운 사냥개로 키울 것이다.

분열

갈라진 상처를 어떻게 어루만져야 할까

분열을 재연하는 찢어진 몸
세상에서 분열을 일으켜 지옥에 떨어진 자들이
마귀들 손에 몸이 갈기갈기 찢기는 고통을 당하고 있다.
유기적 신체의 탈구는 합의와 공감이 사라지고
대립과 혼란만 남은 사회를 여실하게 보여준다.
성숙은커녕 살아 있기도 힘든 상태다.

의심을 품은 시선들

분열의 씨를 뿌리는 자들은 늘 상대를 의심의 눈으로
바라본다. 상대를 믿지 못하니 더불어 사는 공생의 원리도
모른다. 어울려 공감과 합의를 도모하는 능력이 원래부터
부족하기 때문이다. 살아남기 위해 반드시 적이 있어야 하는
자들이다. 이념, 인종, 국가, 정당, 젠더, 지역, 세대를
안에서부터 쪼개고 잘라서 부정하고, 선동을 통해 자기편을
결집한다. 그리하여 상대에 의지할 줄 모르는 고립에 처하고,
고립에 처할수록 분파주의에 빠져들며, 저들이 옳다는 확신을
자기편에게서만 인정받고 검증받는다. 한 번 갈라진 분파는
계속해서 더 아집과 독선에 사로잡힐 수밖에 없다. 뜻대로
되지 않을 때 온화하고 겸손한 자세로 대화와 협의에 나서지

못하고, 편견이 빚어내는 폭력적 언어와 행동을 서슴지
않는다. 편견과 폭력은 불통을 풀지 못하는 무능력의 표출이다.

분열이 무조건 나쁜 것은 아니다. 분열을 억누르고 통합을
강요하면 자칫 파시즘이 될 수 있다. 차이를 인정하고 공생을
지향하는 분열이라면, 그 분열은 다양성이라는 이름으로
불러야 한다. 다양성은 주변과 타자의 차이를 아는 인지
능력에서 나오며, 그것을 행하려는 성찰과 의지가 동반되어야
한다. 분열을 다양성으로 만드는 것은 어렵고 귀찮은 일이다.
타자를 인정하고 타자와 동행하면서 낯선 냄새, 낯선 모습을
견뎌야 한다. 그러나 그렇게 해야 우리를 분열의 구렁텅이에서
꺼낼 수 있다. 잃어버린 옛날의 낙원을 모두의 낙원으로
되찾는 당면 과제다.

찢어지고 갈라진 몸뚱이들

단테가 말레볼제의 아홉째 구렁에 내려가자, 마귀들 손에
몸이 바스라지고 수족이 잘려나간 자들이 널브러져 있다.
이들은 살아서 불화를 조장하고 공동체를 갈라놓은 죄를 지어
지옥에 떨어진 자들이다.

그때 턱부터 방귀 뀌는 곳까지 뜯긴

어떤 자를 보았는데, 허리나 바닥이 구멍 난
술통도 그처럼 벌어지진 않으리.

두 다리 사이에 내장들이 매달렸는데,
창자와 아울러 삼킨 것을 똥으로
만드는 처량한 주머니가 보이는 듯했노라.

내가 그를 뚫어지게 바라보자
나를 보며 두 손으로 가슴을 벌려 보이고
말하기를, "내가 어찌 찢어졌는지 보라!"
(〈지옥〉 28곡 22~30행)

단테가 마주친 망령은 몸통이 뜯기고 벌어져 내장이 다리
사이에 대롱대롱 매달려 있다. 원래 있어야 할 곳에서
제구실을 하지 못해 무척이나 처량해 보인다. 단테가 호기심을
보이자 이 망령은 손으로 가슴을 벌려 보이면서 찢겨나간 몸을
잘 보라고 외친다. 그의 몸은 부분이 전체와 유기적 관계를
이루지 못해 더 이상 생명을 유지할 수 없다. 분열과 불화가
어떤 결과를 가져오는지 보여주는 경고의 표시다.
　몸이 찢긴 이 망령은 이슬람교의 창시자 무함마드.
이 대목이 혹시나 편협한 그리스도교 중심주의자의 이야기로
보일 수 있지만, 단테가 정말로 우리에게 보여주려는 것은

한 공동체 내부에서 일어나는 불화와 분열의 모습이다.
왜 하필 무함마드였을까. 단테 당시에 무함마드는 특정 종교의
창시자가 아니라 그리스도교 내부를 분열시킨 인물로
여겨졌다. 이단이 아니라 불화의 낙인이 찍혀 있었다. 이런
맥락에서 우리는 종교 지도자 무함마드보다는 그의 몸이
갈라지고 훼손된 이미지에 초점을 맞춰야 한다. 그 찢긴 몸은
공동체의 불화가 얼마나 근본적인 분열을 낳는지 보여주는
강렬한 시각적 은유다. 종교적 적대의 그림자도 어른거리지만,
지금 단테는 그 적대감이 아니라, 극적 효과와 상징적 압축을
통해 불화와 분열의 본질을 드러내고 있다.

　무함마드를 비롯한 이곳의 죄인들은 한 바퀴 돌 때마다
마귀의 손에 수족과 몸통이 잔인하게 잘려나간다. 그들의
상처는 한 바퀴를 다 돌기 전에 봉합되지만, 그다음 바퀴에서
다시 잘리기를 반복한다. 봉합은 회복이 아니라 또 다른
고통을 위한 준비 단계일 뿐이고, 몸이 잘려나가는 형벌은
그렇게 무한 반복된다. 세상에서 저지른 분열의 죄가 공동체에
끼친 고통을 고스란히 자신들 몸으로 뼈저리게 겪어야 한다.

　옆을 바라보자 목에 구멍이 뚫리고 코가 잘려나간 자가
눈에 들어온다. 피에르 다 메디치나라는 정치인으로, 단테가
살던 당시 명망이 높던 두 가문의 충돌을 선동했다. 그의
상처투성이 몸은 죄의 기록이다. 그는 입 대신에 목구멍을
열어 말하는데, 마귀가 목을 잘라 입까지 공기를 보내지

못하기 때문으로 보인다(〈지옥〉 28곡 64~69행). 피에르는 옆에
있던 동료의 턱을 잡아 입을 벌린 다음 이렇게 외친다.

> "쫓겨나 있던 이자는 '준비된 사람이
> 망설이면 늘 괴로워진다'고 주장하며
> 체사레의 의심을 잠재웠지요."

> 오, 그리도 뻔뻔하게 말했던
> 쿠리오는 목구멍에서 혀가 잘린 채
> 얼마나 기겁한 듯 보였던가!
> (〈지옥〉 28곡 97~102행)

이 동료는 거짓 조언으로 분열을 일으켰던 로마의 호민관
쿠리오. 피에르는 쿠리오의 입을 벌려 불화의 원천이 되는
입을 강조한다. 쿠리오의 입속에는 불화의 말을 내뱉었던 혀가
잘려나가고 없다. 쿠리오는 일찍이 폼페이우스가 통치하던
로마에서 도피해("쫓겨나 있던") 카이사르("체사레")에게
의탁하고 있던 차에, '준비된 사람이 망설이면 늘
괴로워진다'는 말로 카이사르의 결단을 촉구하여 루비콘강을
건너게 했다. 결국 카이사르는 폼페이우스를 치고 로마의
권력을 손에 넣었다. 단테는 쿠리오의 조언에 기만과 불화의
씨가 들어 있다고 판단한다. 카이사르는 로마의 권력을 쥐면서

공화정을 파괴했을 뿐만 아니라 내전을 여러 번 촉발했고,
믿었던 측근 브루투스에게 암살당하는 배신을 자초했기
때문이다. 혀가 잘려나간 쿠리오를 지나니, 이번에는 머리가
몸에서 분리된 베르트랑 드 보른이 나타난다.

> 잘린 머리를 머리채로 잡았는데,
> 마치 초롱불처럼 손에서 대롱거렸다.
> 그게 우리를 쳐다보며 말하더라. "슬프도다!
> (…)
> 서로 굳게 믿는 자들을 내가 갈라놓았으니,
> 고달프도다! 나의 머리를 이 몸통에 있는
> 제 출발점에서 떼어내 들고 다닌다오.
> 응보는 내게 그렇게 드러나고 있소."
> (〈지옥〉 28곡 121~142행)

베르트랑은 프랑스 남부 가스코뉴 지방 영주였는데,
자신이 섬기던 영국 왕 헨리 2세의 차남을 꾀어 아버지를
배신하게 했다. 붙어 있어야 마땅할 관계를 분리한 죄로 그는
지금 분리의 고통을 겪고 있다. 척추("출발점")에서 잘려나간
머리를 초롱불 삼아 들고 다니는데, 텅 빈, 컴컴한 목구멍은
휴대용 확성기처럼 목소리를 낸다.
　세상에서 남을 갈라놓았던 수고로운 일로 지금 그는

슬프고 고달프다. 그의 슬픔과 고달픔은 자신이 몸으로 겪고 있는 분열에서 나온다. 갈라치기를 획책한 죄는 머리가 몸에서 분리되는 징벌, 잘린 머리를 들고 다니며 분리된 몸을 자기 눈으로 바라보는 징벌을 받는다. 분열을 저지른 죄라는 원인은 분리된 몸이라는 결과와 하나를 이루고, 그는 스스로 저지른 죄의 본질을 '직접' 보고 느껴야 한다. 바로 이것이 제 죄에 응분의 보복을 가하는 "응보"임을 그 자신도 잘 알고 있다.

겸손으로 죄를 씻고
아무는 상처

나는 그에게 몸을 돌려 자세히 바라보았다.
금발에 고귀하고 우아한 모습이었지만,
충격이 한쪽 눈썹을 갈라놓았다.

내가 전혀 본 적이 없다고 겸손하게
부인했을 때, 그가 "자 보시오" 하며,
가슴 위의 상처를 내게 보여주었다.
〈연옥〉 3곡 106~111행）

연옥에서 단테가 만난 만프레디는 시칠리아 왕국을 다스린

만프레디의 상처

파문당한 만프레디의 시신은 축성되지 않은 땅에 버려졌지만,
샤를 1세 당주가 베네벤토 근처에서 장사를 지내주었고,
그의 군사들이 시신 위에 돌을 던져 돌무덤이 만들어졌다고
한다. 만프레디는 죽기 전에 울면서 참회하여 연옥행을
보장받는다. 십자가에 매달린 예수의 벌린 팔이 그를 자비로
품어준 덕분이다. 그의 해골을 업은 존재는 만프레디가 자기
자신을 구원으로 들어 올리는 형상이다. 그가 입은 상처는
그렇게 분열이 아니라 희망의 징표가 된다.

호헨슈타우펜 왕가 페데리코 2세의 서자였다. 아버지 뒤를
이어 통치하는 과정에서 정치적 견제를 하려는 교황
알렉산데르 4세와 우르바노 4세에게서 파문을 당하고, 결국
이들을 등에 업은 프랑스의 샤를 1세 당주와 벌인 전쟁에서
패하고 죽었다. 단테는 페데리코 2세에 이어 아들 만프레디가
쌓아 올린 정치와 문화의 업적을 높이 평가했다.

만프레디는 수려한 외모와 정중한 태도로 유명했다. 그는
단테에게 세상에서 자기를 본 적 있는지 묻는데, 유명세를
자랑하는 듯 보인다. 이에 단테가 자세히 뜯어보다가 고귀하고
우아한 모습에 대비되는, 눈썹에 난 상처를 발견한다.
단테에게 눈썹을 올려 보였던 피렌체의 귀족 파리나타(〈지옥〉
10곡 45행)나 하느님 앞에서 눈썹을 치켜세웠던 타락 천사
루치페로(〈지옥〉 34곡 35행), 핏물에 눈썹까지 잠긴
폭군들(〈지옥〉 12곡 103행)을 통해 알 수 있듯, 눈썹은 교만의
상징이다. 만프레디는 상처 입은 눈썹을 낮추는데, 그 겸손한
동작이 단테가 그의 가슴에 있는 다른 상처를 발견하도록
이끈다(단테도 연옥의 카토 앞에서 눈썹을 낮춰 겸손을 표한 적 있다.
〈연옥〉 1곡 51행).

교황들은 만프레디의 무덤까지 파헤쳐 파문을 내리는
무소불위의 권력을 휘둘렀다. 그럼에도 만프레디는 이곳
연옥에 올라 구원의 길로 나아가는 순교자의 모습을 하고 있다.
전투에서 입었을 눈썹과 가슴의 상처는 순교의 이미지를

더한다. 그는 죽기 전에 눈물로 참회하면서 한없이 선하신
하느님의 너른 팔에 자신을 맡기고, 마치 집으로 돌아온
탕자처럼 용서를 받았다. 죽음의 순간에라도 회개하면
지옥행에서 벗어나 최소한 연옥행이 보장됨을 보여주는
극적인 사례다. 그러한 구원의 역사役事에는 교황들도 끼어들
수 없다. 진정한 참회와 용서 앞에서는 교황의 파문조차
제한된 힘만 행사할 수 있다는 단테의 믿음을 보여준다.

단테가 지옥에서 마주친 여러 죄인의 상처가 불화와
분열의 징표였다면 이곳 연옥에서 죄를 씻는 만프레디의
상처는 겸손의 징표다. 그의 상처는 반드시 치료되고 아물며,
그리하여 그는 파문당한 죄인이 아니라 순교자가 된다.
파문은 누군가를 상대하지 못할 사람으로 간주하여
공동체로부터 분리하는 조처를, 순교는 분리된 누군가를
믿음의 동반자로 삼아 공생의 공동체를 세우려는 시도를
뜻한다. 지옥의 잘린 몸들이 영원히 반복되는 응보의
형벌이라면, 연옥의 갈라진 상처는 언젠가 받을 구원과
희망의 토대가 된다.

상처를 섣불리 봉합하기 전에

천국의 영혼들이 조화를 유지하는 반면 지옥의 영혼들은

여전히 불화에 휩싸여 있다. 생전의 삶을 그대로 반복한다는
말이다. 가르고 나누는 것은 대립과 불화를 먹어야 살아남을 수
있는 사람들의 몹쓸 능력이고, 결국 지옥의 깊은 구렁에서
이리저리 잘려나가는 자신의 몸을 고통스럽게 느끼고
바라보는 처지를 만들 뿐이다. 이는 세상에서 분열을 획책할 때
결코 겪지 못했던 고통이리라. 그때 '나'는 '우리' 패거리 속에
안주하여 항상 안전하다고 믿었을 테니까.

　순순히 지도자를 따르는 유순한 양 떼는 이질성을 꺼리고
감당하지 못한다. 그래서 늘 더 힘센 쪽을 선택하여 그 속에서
웅크린다. 상대와 공동체에 대한 믿음이 아니라 권력에 별생각
없이 순응하는 모습이다. 이질성에 대한 두려움, 타자를 들이고
타자와 섞이는 것을 거부하는 본능은 변화에 대한 수구적
두려움이며, 이 두려움이 권력에 순순히 따르면서 불통을
조장하고 분열을 지원한다. 그러므로 우리가 거부해야 할
대상은 유순한 양 떼다. 우리는 부당한 법과 강요된 질서, 가짜
정의에 저항하는 드센 사냥개 무리가 되어야 한다.

　연옥의 문 앞에 이른 단테의 이마에 천사가 칼끝으로 'P'
자 일곱 개를 새기고, 연옥의 일곱 죄(교만, 시기, 분노, 태만,
낭비, 탐식, 애욕)를 돌아보며 씻어내야 할 상처라고 말해준다.
'P'는 이탈리아어로 '죄'를 뜻하는 'peccato'의 첫 글자다.
'상처'를 뜻하는 'piaga', '참회'를 뜻하는 'penitenza', '정죄'를
뜻하는 'purificazione'의 첫 글자를 가리킨다고 할 수도 있는데,

이렇게 보면 죄, 상처, 참회, 정죄가 하나의 흐름으로 묶인다.
단테는 연옥의 마지막 둘레길에서 타오르는 불길을 통과하며
마지막 'P' 자를 지우는데, 그것을 불의 치유와 찬송의
음식으로 상처가 아문다고 표현한다.

> 그는 칼끝으로 내 이마에
> 일곱 개의 P 자를 긋고 말하길,
> "들어가거든 이 상처들을 씻도록 하라."
> (〈연옥〉 9곡 112~114행)

> 불 속에서 타야 하는 한 계속해서
> 그들은 그렇게 하는 것 같았으니,
> 그러한 치유와 그러한 음식으로
> 상처는 마침내 아물어가리라.
> (〈연옥〉 25곡 136~139행)

상처는 죄의 비유다(〈이사야〉 1장 5~6절; 〈시편〉 38장
5~7절). 또한 상처는 사면 이후에도 남는 책임이고, 상환
이후에도 남는 채무를 의미한다. 상처를 씻고 상처가 아무는
것은 사라져 없어진다는 뜻이 아니다. 상처의 흉터는 여전히
몸에 남고 상처의 쓰라림은 결코 기억에서 사라지지 않는다.
죄를 인지하고 판단하는 힘은 천국에 들어가기 위한 필수

조건이다. 앞서 성 베드로의 예에서 보았듯(96쪽), 천국의
복자들은 죄를 잊지 않는다. 늘 기억하며, 경계하고 비판한다.
그것이 천국의 공동체를 유지하는 길임을 잘 알고 있다.

　　인간 공동체도 마찬가지다. 우리는 서로의 찢긴 상처를
덮고 아물게 해야 하지만, 그 과정에서 상처는 계속해서
기억되어야 한다. 아프고 고통스러운 기억, 상처가 남긴
흉터는 공동체의 자산이다. 죄의 기억을 지닌 채 천국에 오른
영혼들처럼, 천국의 공동체를 실현하고 싶다면 상처를
치유하는 동시에 키워야 한다.

　　상처를 치료하고 봉합하는 것이 분열을 참회하고
용서하는 일이라면, 상처를 키우는 것은 분열을 기억하고
인지하는 일이고, 상처를 보여주는 것은 분열을 포용과
소통의 기반으로 만드는 일이다. 토마에게 상처를 보여주었을
때, 예수 그리스도에게도 당신과 상대에 대한 믿음이
있었다(〈루가의 복음서〉 24장 40절; 〈요한의 복음서〉 20장 27절).
그것이 소통의 시작이었다. 그러나 그에 못지않게 믿음과
소통의 기초가 된 것은 토마의 의심이었다. 확신은 순순히
따르게 하는 불관용과 배제를 부르는 반면, 의심은 오히려
인정과 대화, 관용으로 이어질 수 있다. '예수의 상처'는 홀로
치료하고 봉합하기 이전에 더 키워서 상대에게 고스란히
보여주어야 할 그런 것이어야 한다.

분열을 품어 공존하는
천국의 봉합

순순히 지도자를 따르는 유순한 양 떼는 겉으로는 겸손과 믿음의 이미지를 띠지만, 실제로는 분별력 없는 부화뇌동의 상징이기도 하다. 유순한 양 떼는 권력자의 손에 분열당하면서 스스로를 소수자로 전락시킨다. 그 탓에 좋은 지도자를 만들지도 못하고, 공동체를 이끌어가기도 어렵게 만든다.

우리는 공정한 세상에서 살고 있다는 믿음부터 의심해야 한다. 의심의 눈에서 출발하면 단테가 지옥에서 본 찢어진 상처가 연옥에서 아물고 천국에서 봉합되는 과정을 제대로 헤아려 바라볼 수 있다. 정확히 말해 단테가 목격한 천국의 봉합은 결말이 아니다. 천국의 봉합은 상처를 지우고 잊는 것이 아니라, 입은 상처를 키우고 기억하는 일이다. 상처를 입고 키우고 보여주며 다시 상처가 아물기를 계속해서 반복하는 과정이고, 그렇게 해서 또 다른 분열이 생기지 않도록 끊임없이 작동하는 과정이다. 이것이 천국의 공동체가 자체를 유지하는 치유의 방식이다. '분열된 통합'이 각자 통합하면서 전체로는 분열되는 당파의 얼굴이라면, '통합된 분열'은 각자의 차이를 지키면서 전체로는 통합하는 공동체의 모습이다.

누군가를 희생양으로 바치는 공동체는 공동체가 아니다.

타자와 소수에게 희생을 떠넘기면서 그들을 경계 밖으로 밀어내고 내부에서 잘라내려 할 때, 오히려 공동체가 희생되고 만다. 다수를 위해 소수를 희생하는 것이 능사가 아니다. 다수와 소수의 차이를 섬세하게 이해함으로써 수평적 연대를 이끌어내야 한다. 이때, 이해란 계속해서 나아갈 방법을 아는 것이다.

천국의 공동체는 결코 공리주의나 성장주의에 맞춰 조립한 결과물이 아니다. 서로 다른 존재들이 더 섬세하게 서로를 이해하고 차이를 조율하는 과정이다. 분열의 씨앗을 뿌리는 자들은 천국의 조절을 방해하고 다수와 소수의 차이를 무마하며 편파적 이상을 강요한다. 분열의 씨앗은 혐오의 싹을 틔우고 대립의 잎을 달다가 폭력의 꽃을 피운다. 사회적 소수자가 내는 '다른 목소리'에 귀를 기울이지 않는 독단, '다른 시선'을 못 본 척하는 오만은 그 분열의 씨앗에 물이 되고 햇볕이 된다.

단테가 생각하는 공동체는 홀로 행복을 누리는 곳도 아니고 경계를 그어 배제하는 곳도 아니며 미리 만들어놓은 기준을 부과하고 명령하는 곳도 아니다. 공동체는 다수의 소유물이 아니다. 마찬가지로 공동체는 소수를 보호하는 대신에 협치할 상대로 삼아야 한다. 보호는 결국 배제와 고립을 전제로 하기 때문이다.

차이에 대한 더 섬세한 이해와 접근이 없으면 분열의

선동에 휘말리기 쉽다. 소수자에 대한 진정한 배려는 보호주의 같은 우월 의식이 아니라 차이의 인지에서 나온다. 하지만 차이를 인지하는 데에만 그치면 분열이 고착화할 수 있다. 따라서 다수-소수의 이분법이 아니라, 소수자로 분류되는 자들의 그 다름, 차이, 이질성을 그 자체로 인지하고 공동체의 구성 요소로 존중하며 받아들여야 한다. 다수의 중심에서 소수의 다름을 보는 것이 아니라, '서로'가 다르다는 인지의 구도가 필요하다. 여기서 '다수'가 아니라 '모두'가 행복을 누리는 공동체가 시작된다.

천국의 시민은 갈라진 틈에 화합의 씨앗을 심고 사랑의 연대로 키워내는 사회 구성원이다. 그들이 씨앗에 주는 물과 빛은 타자의 자리에 설 줄 아는 배려와, 차이를 받아들이는 관용, 멀리까지 뻗어나가는 사유의 능력이다. 다수와 소수가 서로의 이질성을 먼저 인정하고 이질적인 서로에게 자신부터 여는, 누구나 용기를 내어 해야 하는 의식적 실천이다. 그리하여 천국의 공동체는 '다수'가 아니라 '모두'가 행복을 누리는 곳이다. 우리는 이제 모두의 정원을 일구어야 한다. 머나먼 곳이지만, 그곳을 바라보며 나아가는 삶은 이미 행복할 것이다.

11

위조

위조하는 자여, 그대 영혼은 이미 지옥에

성 안토니우스의 돼지

고깔을 쓴 사제가 돼지를 타고 날아오른다. 새가 둥지를 틀듯
악마가 사제의 고깔 위에 앉아 허영과 탐욕을 부추긴다.
사제는 본래 참된 신앙의 상징이었던 성 안토니우스의 돼지를
흉내 내면서 거짓 사면을 남발하여 부를 축적한다.
삽화에서 사제는 날아오르는 듯하지만, 이내 죄의 무게로
고꾸라질 것이다. 그가 살찌운 성 안토니우스의 돼지보다 더
비대해진 그가 악마를 이고 갈 곳이 어디인지는 자명하다.

인간됨을 스스로 포기하는 죄

단테의 지옥에는 사기꾼들이 들끓는다. 그만큼 사기는 저지르기 쉽고 형태도 다양하다. 사기는 인간의 사회적 본성에 역행하여 사회의 근간을 파괴하는 행위이기에 해악의 정도와 범위가 매우 큰 범죄다. 단테는 사기를 "사람만이 행하는 죄악"(〈지옥〉 11곡 25행)이라 부른다. 인간의 고유 능력인 이성을 적극 이용해 저지르기 때문이다.

애욕, 대식, 탐욕, 낭비처럼 절제를 못해 저지르는 죄들과 달리, 사기는 절제를 잘하면서 저지르는 죄다. 절제가 인간을 짐승과 구별해주는 최고의 미덕이라면, 사기는 그 미덕을 의도적으로 범죄에 가담시키는 일이다. 그 결과, 인간을 인간답게 만드는 절제가 오히려 인간을 짐승보다 못하게 만든다. 사기는 인간됨을 자발적이고 적극적으로 포기하는 일이다.

　　의도는 적극성과 조직성을 동반하기에 그 폐해는 넓게 뻗치고 오랫동안 집요하게 지속된다. 그 결과, 정의는 돌이킬 수 없이 파괴된다. 이를 올바르지 못하다는 뜻의 불의라 부를 수 있다. 불의는 특정 대상을 향해 일부러 품는 악한 뜻을 의미한다. 단테는 불의를 하느님이 가장 싫어하는 죄라고 생각한다. 하느님은 '선한 뜻' 그 자체이기 때문이다.

　　아리스토텔레스는《윤리학》7권에서 사기를 부절제와 구별하여 내적 확신이 깃든 짐승의 마음에서 나오는 죄악이라 설명한다. 사람은 자신을 절제하지 못할 때보다 남을 속일 때 행동에 확신을 갖는다. 절제하지 못한 사람은 죄를 뉘우치거나 인정하지만, 남을 속인 사람은 죄가 아니라고 항변하거나, 잘못을 알면서도 의도적으로 숨기고 속인다. 자기도 모르게 남을 속여 해를 입혀도 죄가 되는데, 그러고도 변명을 늘어놓는 때가 많다. 자기가 저지른 죄를 부정할 때도 마찬가지로 절제력을 발휘하여 기만하려 드는, 죄를 짓는 과정과 똑같은 일이 벌어진다.

　　단테는 〈지옥〉의 거의 반이나 되는 분량(18~34곡)을 사기에 할애하여 세세하고 촘촘하게 분류, 분석, 묘사한다. 그는 사기를 크게 둘로 나눈다. 자기를 믿는 사람에게 치는 사기와 믿지 않는 사람에게 치는 사기다. 자기를 믿는

사람에게 치는 사기는 한 마디로 '배신'이라 잘라 말하고,
배신자들을 코키투스Cocytus라 불리는 지옥의 맨 밑바닥에
몰아넣는다. 반면, 자기를 믿지 않는 사람에게 치는 사기는
종류가 매우 다양해서 매춘 알선, 아첨, 성직 매매, 주술,
부패, 위선, 절도, 허위 조언, 분열 획책, 위조 등, 열 가지나
된다. 단테는 이런 사기를 저지른 자들을 코키투스 바로 위층,
말레볼제라 불리는 곳에 방금 열거한 순서대로 가둔다.
그런데 그중에서 위조를 맨 아래에 배치한 점이 눈길을 끈다.
단테의 지옥에서 죄는 내려갈수록 더 무겁다. 그러니
말레볼제에서 위조자가 뚜쟁이보다 열 배는 더 나쁜 놈이다.
또, 아래로는 배신자밖에 없으니, 배신자 빼고는 가장 흉악한
범죄자다.

믿음을 흔드는 가짜 백합

위조자들은 한여름에 창궐한 전염병으로 죽어가는
사람들처럼 지독한 악취를 풍기며 살이 썩어 문드러지거나,
온몸에 얼룩덜룩 덮인 딱지를 잉어 비늘 벗기듯 손톱으로
벅벅 할퀴며 괴로워하거나, 극심한 탈수에 시달려 사지와
입이 뒤틀린 채 물 한 방울을 갈망하는 고통을 당하고
있다(〈지옥〉 29~30곡). 육체가 훼손되는 형벌은 그들의 위조

행위가 정의로운 사회 질서의 근간을 얼마나 심각하게
파괴했는지를 그대로 보여준다. 뒤틀리고 훼손된 위조자들의
몸은 원래 모습을 알아볼 길이 없을 정도다. 이는 원래
그러해야 하는 것을 믿을 수 없게 만드는 위조 행위에
어울리는 형벌이다.

　문서나 화폐는 인간을 이롭게 하는 공리 차원에서
발명되었고 활용된다. 단테는 문서와 화폐의 위조를 공동체의
기본 질서를 뿌리부터 어지럽히는 중범죄로 간주한다. 특히
당시 새롭게 출현한 상인 시민 계급을 중심으로 경제 활동이
활발해지던 상황에서 경제의 신뢰를 무너뜨리고 사회의
불안을 초래하는 행위를 더욱 엄중하게 보았을 것이다.

　화폐를 위조하여 지옥 밑바닥에 처박힌 아다모는 금융
산업에 토대를 둔 피렌체 경제에 심각한 위기를 불러왔고,
피렌체 경제가 주축을 이루던 유럽 경제까지 악영향을
끼쳤다. 살아서는 바라는 모든 걸 가졌던 화폐 위조범 아다모.
지금 지옥에서는 그저 물 한 방울을 갈망할 뿐이다.

"나를 철저히 살피는 엄격한 정의가
내가 죄를 지은 곳을 떠올리게 하여
내 한숨이 더 가빠지게 만드는구려.

거기는 로메나, 내가 세례자로 봉인된

합금을 위조했던 곳인데, 그 때문에
난 불에 탄 육체를 위에 남겼소.”
(〈지옥〉 30곡 70~75행)

아다모는 이탈리아 중북부의 드넓은 산악 지대에 자리한
로메냐에 은신하며 가짜 피렌체 금화를 주조하고 유통했다.
피렌체 금화 피오리노fiorino는 순금 24캐럿으로 만들어지는데,
아다모는 이를 21캐럿으로 속여 죄를 선고받았다(“3캐럿의
쇠 찌꺼기가 든 피오리노”, 〈지옥〉 30곡 89행). “잘못 태어난
자”(〈지옥〉 30곡 48행)라 불리는 아다모는 자기가 위조한
피오리노도 잘못 태어난 화폐로 만들었다. 똑같이 위조의 죄를
지은 지옥의 동료는 그를 “어떤 마귀보다도 더한 놈”(〈지옥〉
30곡 117행)이라 맹비난한다. 위조죄의 심각성을 스스로 잘
아는 듯 보인다(부록 〔그림 11〕 참조).
　피오리노에는 피렌체의 상징인 백합과 수호성인 세례
요한(“세례자”)의 얼굴이 앞뒤에 새겨져 있다. 위조된
피오리노는 피렌체의 자부심이 깃든 백합을 가짜 꽃으로
만들고, 영혼을 물로 거듭나게 하는 세례 요한도 가짜
성인으로 만든다. 가짜 백합이 가짜 자부심을 낳듯, 가짜 세례
요한은 가짜 물을 적셔줄 뿐이다. 단테가 만난 아다모는
극심한 탈수증에 시달리고 있다. 피오리노에서 금을 빼낸 죄로
몸에서 물이 빠져나가는 벌을 받았기 때문이다. 일찍이 화형을

당하고 지옥에 떨어진 그는 가짜 세계, 가짜 물에 속으면서 영원히 몸이 타들어가는 고통을 겪어야 한다.

아다모는 갈증에 목이 타는 다른 위조자에게 "나르시스의 거울"이나 핥으라고 비웃는다(〈지옥〉 30곡 129행). 원래 "나르시스의 거울"은 나르시스가 자신의 모습을 들여다보던 샘물을 가리킨다. 그러나 아다모가 말하는 것은 마실 수 있는 샘물이 아니라 샘물처럼 이미지를 비추는 거울이다. 물은 물이고 거울은 거울이어야 하건만, 물을 거울로 혼동시키면서 애타게 물을 찾는 상대를 조롱한다. 이는 피오리노에 새겨진 세례 요한이 주는 물의 세례가 아다모의 위조와 함께 가짜 이미지로 변하는 것과 비슷하다. 아다모는 지옥에서도 위조하는 버릇을 버리지 못한다. 자기 죄를 반성하지 못하는 그 꼴을 본 베르길리우스는 단테에게 위조자의 모습을 거울에 비춰보듯 잘 살펴보라 말한다(〈지옥〉 30곡 130~148행). 사회를 협잡과 혼란에 빠뜨리는 위조에 대처하는 유일한 길은 진실을 있는 그대로 비춰보는 일이다.

자신마저 속이는 변장

단테는 "우리에서 뛰쳐나오는 돼지처럼, 바로 그렇게 물어뜯으며 내달리던 벌거벗은 해쓱한 망령"(〈지옥〉 30곡

25~27행)과 갑자기 마주친다. "올바른 사랑에서 벗어나
아버지의 연인이 된, 부정한 미라의 영혼"(〈지옥〉 30곡
37~39행)이다. 오비디우스가 《변신》(10.298~502)에서 전하는
이야기는 대충 이러하다. 키프로스 왕 키니라스의 딸 미라는
누구라도 한 번 보면 반할 정도로 절세미인이었다. 미라의
어머니는 딸이 미의 여신 아프로디테보다 훨씬 더 아름답다고
자랑하고 다녔고, 이에 아프로디테는 심한 질투를 느끼고
미라를 저주하여 아버지를 사랑하게 만들었다. 미라는 다른
여자로 변장하고 아버지 침실로 들어가 욕정을 채웠다. 이후
아이가 생기자 이를 안 아버지가 그녀를 죽이려 했고, 신들이
불쌍히 여겨 그녀를 몰약 나무로 만들었다.

　　"제 아비의 품속에서 열정을 뜨겁게 불태우던 가증스럽고
부정한 미라"(〈서간문〉 7번 서신 7절). 단테의 편지 속 표현이
무척 직설적이고 신랄하다. 단테는 "부정한 미라"를 "올바른
사랑"과 대비시키지만, 그가 생각하는 미라의 죄명은
부적절한 사랑이 아니라 사기성이 깃든 변장이다(단테는
위조의 범위를 변장까지 확대하고 있다). 변장은 상대를 속이기
위해 다른 사람의 외모와 목소리, 복장을 흉내 내는 일이다.
사기가 음란보다 더 무거운 죄이기에, 무거운 죄를 우선하는
지옥의 원리에 따라 사기죄가 적용되었다. 카멜레온처럼
생존을 위해 변장하는 경우도 있으나, 미라의 변장은 욕망의
해소를 위한 의지의 발현이었다.

변신metamorphosis과 변장disguise은 다르다. 짐승의
변신(변태)은 자기 정체를 감추거나 변화시키는 자연스러운
일인 한편, 인간의 변장은 남의 정체를 덮어쓰고 남을 속이는
의도적인 일이다. 사기의 속성은 변신이 아니라 변장에
깃든다. 단테는 아리스토텔레스의 《윤리학》(7권)을 참조하며
사기성 변장을 수심獸心, 즉 짐승의 마음이라 부르는데(〈지옥〉
11곡 79~81행), 짐승들이 들으면 억울할 수도 있으리라.
변장은 적극적인 의지와 냉철한 이성을 발휘하여 자신과 남을
속이는 교묘한 술책이니, 차라리 인간의 마음이라 불러야 더
어울리지 않을까.

남발된 사면은
위조된 화폐

천국 꼭대기에서 베아트리체는 가톨릭 사제들이
무분별하게 남발한 사면을 신랄한 어조로 비난한다. 본분을
잊은 사제들이 죄를 용서한답시고 허풍을 떨 때, 새가 둥지를
틀듯 악마가 그들 머리 꼭대기에 들어앉는다. 사람들이
이 꼴을 알아본다면 사면의 약속이 얼마나 허무맹랑하고
불의한지 깨달을 텐데, 죄를 사면해준다는 사제들의 무책임한
말에 눈이 멀어 무턱대고 천국행을 기대한다.

"그러나 고깔에 그런 새가 둥지를 트니,

사람들이 그를 본다면, 저들이 의탁한

사면이 어떠한지 알 거예요.

그로 인해 많은 어리석음이 세상에서

커져갔고, 아무런 증거도 증명도 없이

사람들은 온갖 약속으로 몰려들지요.

성 안토니오의 돼지가 이것으로 살찌고,

그보다 훨씬 더 비대한 다른 자들이

인각 없는 동전을 내주며 살을 불립니다."

〈천국〉 29곡 118~126행)

"성 안토니오"는 이집트의 은둔 수사 안토니우스를
가리킨다. 3~4세기경 사막에서 고행하며 악마와 재화의
유혹을 물리치고 올바른 길을 걸은 성인으로 유명하다. 중세
사람들은 안토니우스가 특히 전염성 피부병을 물리치게
해준다고 믿었다. 위조자들이 받는 벌이 피부병임을
생각하면, 안토니우스는 지옥에 떨어질 위조의 죄까지도
사면해주는 강력한 상징으로 볼 수 있다.

안토니우스를 그린 중세 그림에는 흔히 돼지가 등장한다.
그가 질병 치료에 돼지 지방을 사용했다거나, 돼지 몸을 빌려

나타난 악마를 물리치고 그 돼지를 길들였다는 얘기가 중세에
떠돌았다. 안토니우스 수도회 사제들이 돼지들을 길거리에
그냥 풀어놓으면, 무조건 믿고 따르는 독실한 신도들이 먹여
길렀다. 그렇게 사제들은 사람들이 돼지에 깃든 성
안토니우스의 영험함을 신봉하여 사면을 받도록 부추겼고,
아무것도 따지지 않고 일단 믿고 보는 어리석음이 세상에
퍼져나가면 나갈수록 사면을 남발하여 부를 축적했다. 그렇게
사제들은 성 안토니우스의 돼지를 거짓으로 흉내 내면서
그들의 돼지들보다 더 비대해졌다. 성 안토니우스의 돼지는
그래도 진실한 신앙의 상징이지만, 사제들의 돼지는 타락한
가짜 신앙의 상징이다.

사면의 진실성은 신앙의 최고 가치다. 베아트리체가
말하는 "인각 없는 동전"이란 주형이 없는 화폐, 즉 위조된
화폐는 물론이고 어떠한 정통성도, 책임도, 법적 근거도 없는
가짜 사면장을 가리킨다. 잘못된 통화 정책이나 위조 화폐의
유통이 경제를 망치듯, 인간의 죄를 없애준다며 손에 쥐어주는
가짜 사면장의 남발은 사회를 혼란스럽게 만들 뿐이다.

위조의 본질은 사악한 의도를 갖고 꾸미는 거짓, 겉치레,
변장(가면), 흉내, 위증, 사칭, 도용, 변명, 핑계, 허위의
공언(허풍), 허영 따위다. 이렇게 늘어놓고 보니, 위조가
미치는 범위가 매우 넓고 끼치는 해악도 무척 다양하다는
사실이 새삼스럽다. 공통점은 남의 기준에 맞추기 위해 실체를

감춘다는 점이다. 위조자는 스스로를 돌아보지 못한다.
스스로를 위조했기에, 스스로를 가리고 변장했기에, 스스로의
모습을 비추는 성찰은 원천적으로 차단되어 있다. 게다가
위조자는 원래의 자신이 어떠했는지 알지 못하고 알 필요를
느끼지도 못한다. 그저 꿋꿋하게 변명을 늘어놓으며 사이비
정의를 흉내 낼 뿐이다.

　한 가지 유념할 일은, 속이는 자는 물론 나쁘지만, 속는
자도 떳떳하지는 않다는 점이다. 속아 넘어가려 애쓰는
판국이면 속이는 자만 비난하기는 어렵다. 속는 자의 냉철한
성찰이 필요한 이유다.

12

정의

정의를 사랑하라, 이 땅을 다스리는 자들이여

정의의 독수리를 올려다보며

목성의 하늘에 오른 단테는 영혼들이 춤추고 노래하며
두 개의 문장을 만드는 광경을 올려다본다.
'정의를 사랑하라'라는 뜻의 'DILIGITE IUSTITIAM'과
'이 땅을 다스리는 자들이여'라는 뜻의 'QUI IUDICATIS
TERRAM'. 영혼들은 두 문장의 끝 글자인 'M'으로 모여들고,
그 글자를 독수리 형상으로 변형시킨다. 'M'은 단테의 저서
《제정론 Monarchia》을 가리킨다. 그 책에서 단테는 로마 제국이
정의를 보장하는 정치 체제의 역사적 실례였다고 주장한다.
독수리는 로마 제국의 상징이었다.

단테, "정의를 전파하는 사람"

　의도와 행위에서 올바름을 추구하는 정의는 인간이
갖춰야 할 최고의 덕성이다. 사회적 동물로서 인간은
정의로운 사회 안에서 더 잘 살 수 있다. 정의는 좋은 사회의
필수 요건이고, 좋은 사회는 좋은 삶을 받쳐주기 때문이다.
그런데 인간이 항상 정의로울 수는 없으므로 법률과 같은
규제와 조절 장치가 필요하다. 물론 좋은 인간은 법이 두려워
법을 지키거나 불의하다는 비난이 두려워 정의롭게
행동하지는 않는다. 좋은 인간은 남을 해치지 않는 범위에서
자유를 원하기 마련이다. 반면, 나쁜 인간은 그 이상의 자유를
원하고, 그래서 법과 정의 때문에 자유롭지 못하다고 느낀다.
그렇게 법과 정의에서 이탈할 때 인간은 사악한 짐승이 된다.

앞의 문단은 아리스토텔레스가《윤리학》제5권에서
진술한 내용이다. 신이 없으면 법도 없고, 법이 없으면 신도
없다. 법의 부작위는 신의 부재로, 신의 부작위는 법의 부재로
직결된다. 그 당연한 진실의 부작위에서 법과 신은 한꺼번에
폐기된다. 단테의《신곡》은 그 당연한 상식, 지금 우리
시대에서 너무나 현저하게 부서지고 있는 상식의 이야기다.

단테는 여기서 출발하여 정의라는 미덕을 굳건히 지탱할
이성적 판단과 실천 의지를 강조한다(《향연》4권 17장 3절).
이성이 제대로 작용하지 않으면 탐욕을 절제하지 못하고,
가짜 정의를 만들어내기도 한다. 그러나 죄를 기억하지
못한다고 해서 죄가 없어지지 않듯이, 정의를 이해하지
못한다고 해서 정의가 존재하지 않는 것은 아니다. 중요한
것은 정의를 이해하는 능력을 키우고 의지를 발휘하여 정의를
실천하는 일이다. 단테는 스스로를 "정의를 전파하는
사람"(〈서간문〉 9번 서신 3절)이라 불렀다.《향연》에서 철학적
토대를 세우고《제정론》에서 정치 차원의 논의로
발전시켰으며,《신곡》에 이르러 문학적 지성과 감수성에
호소하기까지, 단테는 정의의 문제에 평생 각별한 관심을
쏟았다.

휩쓸리고 매몰되기 쉬운
인간의 불완전한 정의

정의는 모든 사람이 평등하게 행복을 추구할 수 있어야 한다는 요청이다. 정의는 각자에게 각자의 몫을 주는 것이라는 의미에서 이미 절제의 덕을 품고 있다. 이는 부절제한 탐욕이야말로 정의의 가장 큰 적이라는 뜻이기도 하다. 탐욕은 정의를 어둡게 하고, 절제는 정의를 밝게 한다(《제정론》1권 11장 11~13절). 그렇게 정의가 절제에서 나온다면, 정의의 관건은 이 절제를 사회 전체에서 실현하는 장치와 행위다.

생전 여러 군주의 참모와 외교관으로 활약했던 마르코 롬바르도는 단테에게 세상의 무질서를 바로잡는 길을 이렇게 일러준다.

> "처음에 작은 선의 맛을 느끼는데,
> 길잡이나 고삐가 그 사랑을 바꾸지 않는다년
> 그에 속아서 그 뒤를 따라갈 테지요.
>
> 따라서 고삐를 채우기 위한 법률이 필요하며,
> 적어도 진정한 도시의 탑을
> 구별하는 통치자를 반드시 세워야 합니다."
> (〈연옥〉 16곡 91~96행)

인간은 본성적으로 선을 사랑하는 존재다. 그런데 그 사랑이 부족하거나 지나치면 "작은 선"에 집착하여 불행을 초래하게 된다. 그러므로 인간에게는 선을 향한 사랑을 바르게 이끌어줄 지도자("길잡이")와 절제("고삐")가 필요하다. 이에 따라 현실적으로 절제를 받쳐주는 법률을 마련해야 하며, 그 법률 위에서 천국("진정한 도시")과 같은 완전한 공동체의 기준("탑")을 판별하는 통치자를 내세울 수 있어야 한다.

정의는 하느님이 인간을 대하는 기본 지침이고, 법률은 인간이 정의를 실현하는 기본 장치다. 하느님은 본성이 선한 아담을 창조했지만, 말씀을 어기고 에덴동산에서 쫓겨난 아담은 진리의 길에서 벗어났고, 그 길로 나아감으로써 얻을 생명에서도 벗어났다. 그런 아담의 죄를 예수 그리스도가 십자가의 죽음으로 대속한 일은 최후의 심판까지 인간에게 닫혀 있던 천국의 문을 열어젖힌 결정적 사건이었다.

그러나 예수의 고통스러운 죽음은 하느님의 구원 기획이라는 관점에서는 최고의 정의였지만, 인간 차원에서는 예수에 깃들어 있는 성스러운 위격을 모독한 사건이었다. 마찬가지로 인간의 법을 어긴 죄인을 처단한 유대인들에게는 공평무사한 정의였으나, 그들의 사악과 무지는 정의와 거리가 멀었다. 이것이 예수의 죽음이 지니는 이중의 의미다.

예수의 십자가형은 로마 제국의 법률적 대리인으로서

재치권裁治權(옳고 그름을 가려 결정하고 다스리는 권리)을 가진
총독 본티오 빌라도가 공식 집행한 적법한 처벌이었다.
이에 따라 예수의 죽음은 정의로운 법 집행으로 간주될 수
있었고, 하느님은 이런 형식을 통해 아담의 죄를 대속하는
구원의 길을 열었다. 인간은 예수에게 사형을 선고한 바로
그 법 정의law justice를 통해 하느님의 심원한 대속 기획에
참여한 것이었다(〈천국〉 7곡 35~51행, 64~120행;《제정론》2권
10장 4~8절, 11장 1~5절).

　　예수를 죄인으로 판단하고 죽음으로 내몬 빌라도의
정의는 분명히 완전하지 못했다. 누구나 정의가 선을 실현해
주리라 기대하지만, 빌라도는 그 기대를 저버린 경우다.
그러나 인간의 정의가 완전하다면 굳이 예수가 이 땅에 올
필요가 있었을까. 불완전한 인간의 정의를 통한 대속이
하느님의 기획이었다면, 그 기획의 완성은 정의의 완성과
일치해야 한다. 공동체의 정의를 하느님의 최고선에 맞춰
완성하고 이를 위해 법과 정치를 정비하는 과제는, 인간이
나날이 실천해야 할 끝나지 않는 책무다(부록 〔그림 12〕 참조).

하느님의 빛을 따르는
인간의 지성

목성의 하늘에 오른 단테는 그곳 영혼들이 한목소리로
외치는 정의의 전언을 듣는다.

> "오, 지상의 짐승들이여! 오, 둔감한 정신들이여!
> 스스로 선하신 최초의 의지는
> 최고의 선인 스스로에게서 떠난 적이 없느니라.
>
> 그에 일치할수록 그만큼 정의로우니,
> 창조된 어느 선이고 그를 당기지 못하고,
> 오직 그만이 비추시며 이를 낳으시도다."
> (〈천국〉 19곡 85~90행)

아무리 법과 통치가 훌륭해도 정의는 때로 침묵하는
것처럼 보인다. 인간의 지성만으로는 하느님이 바라는 정의를
완벽하게 이해할 수 없기 때문이다. 마치 바닷속을
들여다보는 눈이 깊은 바닥까지 이르지 못하는 이치와 같다.
단테는 해답을 하느님의 빛에서 찾는다. 그 빛이 없으면
정의는 어둠 속에 갇히고, 지성은 인간의 그림자에 갇힐 수
있다(〈천국〉 19곡 58~66행;《향연》 4권 21장 8절).

천국의 은총은 인간이 스스로의 법과 정의를 세우도록
돕는다. 법이 정치를 받치는 장치라면, 정의는 현실 정치를
통해 현세에서 구현해야 할 실질적 목표다. 법의 장치와
정의의 목표를 올바로 세우기 위해서는 둔감한 정신에서 나온
인간의 선("창조된 선")을 최고의 선과 맞춰야 하고, 최고의
선은 하느님의 섭리("최초의 의지")와 영원히 함께하기 때문에
결국 인간의 선은 섭리에 일치시켜야 한다. 법과 정의에 대한
깊은 통찰은 둔감한 정신과 나태한 육신을 넘어서 하느님의
섭리로 나아가려는 인간 지성에 의해 비로소 가능하다.
이처럼 하느님의 섭리에 참여하는 정의가 인간, 자연, 사회
전체를 아우르고, 인간의 실정법은 하느님의 자연법과 조화를
유지함으로써, 모든 피조물이 조화를 이루는 더 큰 질서로
나아간다. 이에 더해 하느님의 계시啓示는 인간을 더 높은
목표로 인도해 정의를 완성한다.

그런데 천국의 영혼들은 이러한 오묘한 과정 전체에서
인간의 실천이 없으면 아무 소용이 없다고 말해준다.

"너희 인간들이여, 판단하는 데 부디
신중하라. 하느님을 대면하는 우리도 아직
선택받은 자들을 다 알지 못하느니라.

바로 그리된 한계는 우리에게 달콤한데,

우리의 선이 이 선 안에서 완성되기 때문이니,

하느님께서 원하시고, 우리도 원하는 것이다."

〈천국〉 20곡 133~138행)

　　인간은 하느님의 선을 판단하는 데 부디 신중해야 한다는
지침은 정의를 삶에서 어떻게 실천할 것인지와 관련이 있다.
아무리 하느님을 향한 신앙이 깊어도 장차 최후의 심판에서
선택을 받을 수 있을지는 지금 하느님과 함께 있는 천국의
영혼들조차 모른다. 다만 아담의 죄를 대속했던 예수의 정의가
최후의 심판 날 이전까지는 '신앙'의 대상이었지만 심판과
함께 '현실'로 바뀐다는 점은 분명하다. 최후의 심판 때에
예수를 입으로만 외쳤던 자들은, 예수를 몰라도 정의를 실천한
자들보다 예수에게서 더 멀리 있으리라(〈천국〉 19곡 103~108행;
〈마태오의 복음서〉 7장 21절). 인간이 살면서 쌓는 정의의 공덕을
하느님은 당신만 아는 방식으로 정확하게 인지한다.
　　최후의 심판은 인간의 정의를 판단하는 최종 심급이다.
그러나 단테는 최후의 심판을 먼 미래의 무엇이 아니라 지금
여기서 날마다 일어나는 사건으로 대해야 한다고 생각했다.
정의를 이미 확립되어 손댈 수 없는 교리가 아니라, 인간의
선택과 행동에 따라 끊임없이 변하는 실천적 가치로 보려
했다. 예수를 입으로만 외치면서 잘못된 정치로 공동체를
어지럽히는 위정자들은 차고 넘친다(〈천국〉 19곡 109~148행).

올바른 정의 구현을 위해 인간이 할 수 있는 일은 하느님의
최고선을 올려다보며 이 땅에서 성숙한 법과 정치, 공동체를
건설하기 위해 불굴의 의지를 불태우는 것뿐이다.

　　인간이 정의를 수행하는 '지금 여기'의 공간이 하느님의
세계와 완벽하게 들어맞는 날은 오지 않는다. 다만 우리는
스스로 질문을 던지고 그에 책임 있게 응답하며 옳고 그름을
신중하게 판단해야 하는 '윤리적 정치'의 공간에 살고 있다.
정의는 본질적으로 안정된 개념이 아니며, 구체적 현실과
역사 속에서 끊임없이 조정되고 검토되어야 하는 덕목이다.
바로 그렇기 때문에 우리는 정의의 진정성을 반복하여
검증해야 한다. 이런 정황은 정의를 대하는 우리 인간의
한계이자 결점이기도 하지만, 똑같은 이유로 우리는 최선을
추구하는 존재로서 정의로운 정체성을 유지하는 동시에
천국의 절대 선에도 참여할 수 있다(〈천국〉 3곡 70~84행;
《철학의 위안》 4권 산문 6장 30절).

**불완전하더라도
정의를 사랑한다는 것**

　　목성의 하늘에 오른 단테는 천국의 영혼들이 헤쳐
모이기를 반복하며 그려내는 글자를 바라본다.

이 라틴어 문장의 뜻은 이러하다.

정의를 사랑하라, 이 땅을 다스리는 자들이여.

단테는 이 구절을 성경에서 가져왔다(〈지혜서〉 1장 1절).
세상의 통치자들은 세상을 정의롭게 만들어 사람들을 구원의
명부에 올려야 한다. 그러나 구원의 예정은 오직 하느님만
알기에, 인간은 그저 애를 쓸 뿐이다. 끝은 보장되지 않고,
완전에 이를 수도 없으며, 성공도 보장할 수 없다. 법과
정치는 늘 부족하고 편협하며, 실수를 저지른다. 인간의
정의는 항상 올바를 수 없다.

단테 시대에 크게 유행했던 자선은 재력을 이용하여
지위를 올리고 권력을 유지하는 방법이었다. 자신의 운 좋은
자리는 유지하는 한에서 불행한 타자를 대하고, 이로써
정의에 참여했다는 속죄의 안도감 속에서 타자를 눈앞에서
치워버린다. 그러나 분명코 정의는 타자를 위한 좋음이고,
이것이 공동체를 유지하는 성공적인 정치의 관건이다. 정의의
본질이 평등의 의지와 실현이라면, 사랑은 그 평등의 의지와

실현을 받치는 동력이다. 사랑은 인간의 좋은 삶, 즉 타자를 염려하고 환대하는 정의로운 삶을 더 능동적이고 적극적으로 추구하기 위해 필요한 덕성이다.

　　정의를 사랑한다는 것은 정의의 불확정성과 대결하는 일이다. 정의를 올바로 실천하려는 마음가짐을 견지하고 수행하는 일이다. 정의를 사랑하는 마음은 겸손하고 섬세하며 따뜻하다. 정의를 신중하게 조절하고 실현해야 할 법과 정치도 마찬가지로 겸손하고 섬세하며 따뜻해야 하리라. 삶을 결정하는 높은 곳이 아니라 삶을 견디는 낮은 곳에 서면서, 낮게, 낮게 드리워지려는 '수동성', 타자의 고통과 절망을 한없이 받아들이고 나누려는 그 수동성이 정의를 거듭나게 한다. 그렇게 정의를 나날의 조절과 실천을 통해 끊임없이 교정하는 것, 그것이 인간이 정의를 대하는 유일한 방식이며 정의를 사랑하라는 명령의 참뜻이다.

13

고결

등불을 등 뒤로 비추며 밤길을 걷는 길잡이

한없이 고결한 베아트리체

베아트리체는 단테 순례의 시작이자 종결이며,
여정 전체를 관통하는 고결의 상징이다. 그녀의 몸과 시선은
하늘을 향해 오르지만, 그녀가 발산하는 빛은 아래로 흘러 흘러
단테의 마음을 적신다. 베아트리체의 상승이 만들어내는
섬세하고 유려한 곡선, 그리고 그 곡선이 감싸는 텅 빈 공간은
선善의 이상이 인간의 윤리적 실천으로 스며드는 양상을 닮았다.
그렇게 해서 만들어가는 세상, 고결을 품는 세상은
빛으로 가득할 것이다.

단테가 마음에 새긴 고결

단테는 내세를 여행하며 만난 망령들의 감정과 성향을 온몸으로 느끼고 배웠다. 교만한 자들이 뿜어내는 차가운 경멸 속에서 지옥의 절망을 뼛속까지 체험했고, 불굴의 의지로 죄를 씻는 자들을 바라보며 연옥의 희망을 가슴에 들였으며, 천국에서는 영롱한 빛으로 다가오는 영혼들과 함께 환희의 바다에 잠겼다. 이 모든 여정 내내 그의 마음에 가장 깊이 새겨진 것은 '고결'이라는 말이었다.

단테는 고결한 장면들을 거듭 되새기며 고결을 배우려 했다. 순례의 길잡이로 삼았던 베르길리우스와 베아트리체를 '고결하다'고 묘사한 것도 그 때문이다(〈지옥〉 2곡 114행; 〈천국〉 27곡 31행). '고결'이라는 말은 가장 순수하고 아름다운

여인 마텔다(〈연옥〉 28곡 57행), 도덕적 공정과 신의를
대표하는 카토(〈연옥〉 1곡 42행)를 비롯하여 단테 자신의
명예와 자부심을 가리키는 대목(〈지옥〉 10곡 23행)에서도
등장한다. 당당한 품위와 존엄, 올바름을 담는 고결이라는
가치와 태도는 단테의 여정 처음부터 끝까지 함께했다.

> "오, 내 희망에 힘을 주고,
> 나의 구원을 위해 지옥에 발자국을 남기는
> 수고를 하신 여인이여,"
> 〈천국〉 31곡 79~81행)

    천국의 정점인 엠피레오Empireo에 오른 단테는
베아트리체가 자기를 구하기 위해 천국에서 지옥으로
내려왔던 사실을 언급함으로써 그녀의 손길이 지옥부터
천국까지 걸쳐 있음을 강조한다. 베아트리체는 지옥으로
하강했다가 천국으로 복귀한 뒤, 연옥 정상에 자리한
에덴동산으로 다시 내려가 단테를 맞이하고 천국의 정점까지
이끈다. 그녀는 단테 순례의 시작이자 종료이며 여정 전체를
관통하는 고결을 상징한다.
    베아트리체는 베르길리우스에게 단테를 구하는 임무를
맡기기 위해 지옥으로 내려갔을 때, 베르길리우스의 고결한
언어를 이렇게 찬미한다.

"그대와, 그리고 그 말을 들은 자들을
기리는 그대의 고결한 말을 믿었으니까요."
(〈지옥〉 2곡 113~114행)

고결은 베아트리체가 베르길리우스에게 보인 믿음의
본질이었고, 베르길리우스가 베아트리체를 바라보는
이미지이기도 했다("저 고결에 줄곧 시선을 둔 채", 〈연옥〉 19곡
30행). 베르길리우스가 이교도의 신분을 극복하고 단테를
구원으로 이끌 충분한 자격을 부여받은 것은 그가 남긴
고결한 언어 덕분이었다. 그의 언어는 무엇보다 그의 언어를
읽는 독자들이 인간의 명예를 느낄 만큼 고결했다. 이 땅의
인간을 명예롭게 한 그의 고결한 언어가 천상의 베아트리체를
움직이게 했다. 그 언어가 이교도의 입에서 나왔다는 사실은
아무런 장애가 되지 않았다. 단테는 베아트리체의 사랑을
예수 그리스도의 사랑으로 대했고, 그 사랑은 베르길리우스의
고결한 언어와 서기에 담긴 이성적 통찰을 필요로 했다.

베아트리체의 사랑과 베르길리우스의 이성은 단테를
이끌어 천국을 지옥으로 내리고 지옥을 천국으로 올렸다.
그들은 각각 천국과 지옥에 속한 자들이었지만, 고결이라는
공통 분모가 있었다. 고결은 지옥과 천국, 절망과 희망,
인간과 신을 연결하는 다리였다. 마찬가지로 이 땅에서
고결한 지도자는 공동체를 구성하는 다양한 요소들을

화합으로 이끈다. 화합을 위해 자신의 마음 깊이 우러나오는
양심의 목소리에 귀를 기울이고, 상대에게 겸손한 손을
내밀어 신뢰를 나누며, 사람들의 관계를 세심하게 조정한다.

고결은 겸손에서 시작한다

이제는 고결함이 이끄는 정치가 필요하다. 우리 시대는
고결함이 빛나는 지도자를 더 간절히 필요로 한다. 르네상스
이후 근대는 결단과 실행, 모험과 도전, 열정과 확신 같은
강한 추진력으로 성공해온 시대였다. 이러한 덕목들은 인간
중심의 근대 문명을 떠받치며 눈부신 발전을 이루어냈다.
그러나 이제 근대의 흔적도 저물어가는 거대한 전환기에서
우리는 새로운 인간의 길을 모색해야 한다. 고결한 지도자는
인간의 진정한 명예와 존엄을 어깨에 얹고, 인간이
배타적으로 지배했던 모든 영역과 방식에 반성의 눈을
돌리며, 어떤 경우든 불의와 불공정에 허리를 굽히지 않는다.
자신의 신념을 실천하되 유연하고 열린 자세를 잃지 않는다.
고결함은 우리 시대에서 공동체의 존립과 미래를 위해
지도자가 반드시 지녀야 할 소양이다.
인간은 원래 고결한 존재지만, 지금은 그 본성을 잊고
교만에 빠져 있다. 예를 들어 우리 시대에서 자신의 성공이

능력의 당연한 결과라고 믿는 능력주의의 교만은 결국 권력과
기회의 불평등을 낳고 정당화한다. 능력주의는 정치 이전의
담론이다. 시험 성적이 좋으면 좋은 대학과 회사에 들어가
좋은 삶을 누리는 것이 당연하다는 생각은 정치로 풀어나가는
가치와 비전, 정책과 철학이 아니라, 단순하고 기계적인 대응
규칙 같은 것에 불과하다. 능력주의는 공동체를 받치지도,
지키지도 못한다. 공동체는 무엇으로 사는가 하는 물음을
망각하게 만든다. 우리 시대에서 고결함은 지도자뿐 아니라
모든 사람에게 가장 절실하지만 정작 부족한 덕목이다.

　　고결을 회복하기 위한 출발은 겸손이다. 겸손은 교만을
바로잡아 더 큰 선에 맞추는 힘이다. 겸손이란 뭔가를 과하게
하지 않으려 스스로를 통제하는 태도다. 겸손이란 상대를
받아들이는 마음이고, 자신을 내세우지 않고 자신의 세계를
비워두어야 가능해지는 행동이다. 단테는 교만의 죄를 씻는
연옥의 현장에서 수태고지를 받아들이는 마리아, 성궤를
받아들이는 다윗, 그리고 억울해하는 과부의 요청을
받아들이는 트라야누스의 모습을 목격한다(〈연옥〉 10곡).
이들에게는 상대의 부름에 응답한다는 공통점이 있다.
마리아와 다윗은 하느님의 부르심에 삼가 답하면서,
트라야누스는 과부의 요청에 기꺼이 답하면서 대화의
상대자가 된다. 그들은 상대의 요구에 귀를 기울이고, 자신을
연다. 겸손은 상대와 동행하고 상대의 자리로 옮겨가려는

마음이고, 관계의 시작이자 완성이다. 그렇기 때문에 사회적 존재로서 인간에게 근본적으로 요청되는 자세다. 하느님과 인간, 지도자와 구성원 사이의 믿음도 겸손의 마음과 실천으로 온전하게 작동한다.

아, 교만한 그리스도인들이여, 가엾은 자들이여,
마음의 눈은 병이 들어
뒤로 가는 발길에 믿음을 두고 있으니,

우리는 심판을 향해 거침없이 날아가는
천사 나비가 되려고 태어난 벌레들임을
그대들은 깨닫지 못하는가?

마치 형태를 갖추지 못한 벌레처럼,
아직 온전치 못한 우연한 너희들이거늘,
어찌하여 너희 영혼은 높이 떠다니는가?
(〈연옥〉 10곡 121~129행)

단테는, 헤겔의 표현을 빌리면, "천국에서 태양의 광채를 받으면서 시든 꽃 위에도 날아다니는 나비"(《헤겔의 미학 강의 3》, 게오르그 빌헬름 프리드리히 헤겔 지음, 두행숙 옮김, 은행나무, 2010, 456~457쪽)와도 같다. 그 때문에 단테는 지옥과 천국이라는 다른 두 세상을 거의 같은 시간대에, 같은 정신과 감정으로 여행할 수 있었다. 이로써 단테는 사랑과 조화, 화해의 조직자로서 뛰어난 면모를 내보이는 존재가 된다. 이것이야말로 《신곡》을 풍요롭고 충만하게 만드는 요소다.

단테는 우리 인간이 세상에서 유충 상태의 벌레에서 성체 나비로 성장하는 과정에 놓여 있다고 비유한다. 살면서 우리가 뒷걸음질만 치는 듯 보이는 것은 지상의 무게에 사로잡혀 있기 때문이다. 눈먼 자들이 앞으로 나아간다고 생각하지만 정작 뒤로 가는 것과 비슷한 이치다. 스스로 본분을 돌아보지 못하는 교만 때문에 이런 모습을 보인다. 우리에게는 벌레가 나비로 변신하며 경험하는 느낌, 살갗을 뚫고 껍질을 벗으면서 새로운 공기에 닿을 때의 느낌이 필요하다. 변신은 곧 성숙이다.

단테가 보여주는 변신과 성숙은 지옥에서 천국까지 나아가며 경험하는 구원의 본질이다(〈지옥〉 7곡 53~54행, 24곡 99~111행, 25곡 49~66행, 25곡 91~138행, 30곡 49~57행, 34곡 34~36행). 변신은 우연이 아니라 예정된 성숙의 과정이다. 썩은 물이나 흙에서 미생물이 생겨나듯 단순한 반사 작용으로 일어나는 것이 아니다. 단테는 아직까지 우리 인간은 건드리면 아무 의지 없이 자동으로 반응하는 벌레, 온전한 성체에 도달하려면 아직도 오랜 시간을 보내야 하는 유충의 상태에 있지만, "천사 나비"(나비는 영혼의 상징이다)가 될

운명임을 잊지 말아야 한다고 일갈한다. 예수의 제자
바울로가 말하듯, 썩어 없어질 살과 피는 하느님의 나라를
상속받을 수 없지만, 마지막 날에 우리는 썩지 않을 몸으로
변신하여 죽음을 이기고 불멸의 생명을 입게 될 것이다
(〈고린토인들에게 보내는 첫 번째 편지〉 15곡 50~58절).

　　그러나 그런 운명을 실현하기 위해서는 무조건 자신을
높이 세우려는 교만한 마음을 버리고, 심판을 두려워하는
겸손한 자세를 갖추며, 그를 위해 의지와 이성을 키워나가야
한다. 나비의 가벼운 날갯짓은 상대를 허용하고 자신을
낮추는 겸손한 마음에서 나온다. 반대로 벌레의 무겁고
더디기 짝이 없는 꼼지락거림은 상대는 물론 자기 자신도
제대로 몰라보는 교만에서 비롯된다. 겸손한 영혼은 교만한
육체에서 벗어나 가볍게 날아오른다. 겸손이란 자신의
독선적인 생각과 의지를 지나치게 고집하거나 그것에
휘둘리지 않고, 주어진 구원의 길을 따라 스스로와 주변을
찬찬히 반성하고 받아들이며 걸어가는 자세를 뜻한다.

정의, 연민, 겸손
고결한 지도자의 덕목

지도자는 지성을 신뢰하고 정의를 실천하는 정치 행위를

통해 인간을 행복으로 이끄는 임무를 지닌다. 단테는 로마의
트라야누스 황제를 연옥에서는 겸손의 표상으로(〈연옥〉10곡
73~93행), 천국에서는 정의의 표상으로(〈천국〉20곡 43~48행,
100~117행) 등장시킨다. 둘은 긴밀하게 연결되어 있다. 연옥에
오른 단테는 산비탈에 새겨진 트라야누스와 과부의 조각을
목격한다. 황제의 출정식에 황금 독수리가 그려진 깃발이
무수히 나부끼고, 수많은 무장 기사들이 에워싼 가운데, 한
초라한 과부가 황제의 발치에 엎드려 구슬피 울고 있다.
단테는 이 장면에 담긴 이야기를 이렇게 풀어낸다.

나는 황제 트라이아노를 말하나니,
자그마한 과부 하나가 재갈 옆에서
비통한 꼴을 하고 울고 있었다.

기사들이 그의 주변을 빽빽하게
에워싼 듯했고, 그들 위로는
황금 독수리들이 바람에 펄럭이는 듯 보였다.

불쌍한 여인은 그들 무리 사이에서 이렇게
말하는 듯했다. "폐하! 죽은 제 아들의
원수를 갚게 해주소서. 가슴이 찢어지나니."

그가 대답하길, "내가 돌아오기만
기다려라!" 그러자 그녀가, "나의 폐하"
고통이 다급한 사람처럼 말하기를,

"돌아오지 않으시면?" 그가, "내 뒤를 잇는 자가
해줄 것이로다." 그녀가, "폐하가 일을 잊으시면,
다른 분의 선행이 폐하께 무엇이오리까?"

그러자 그가, "그럼 안심하라. 가기 전에
내 본분을 다하리로다.
정의가 원하고 연민이 붙드는구나."
(〈연옥〉10곡 76~93행)

공정과 정의, 관용으로 통치한 황제
트라야누스("트라이아노")는 3세기 이후 중세 내내 거의
전설처럼 회자되었다. 중세에 남아 있던 로마의 많은
건축물에는 말을 타고 개선하는 황제와 그 곁에 무릎을 꿇은
여자의 형상이 새겨져 있다. 과부는 전쟁터로 떠나는 황제를
막아서며 엎드리는데, 황제는 과부의 입을 틀어막으려는
부하들을 제지한다. 과부는 죽은 자식의 억울함을 풀어
달라고 절박하게 호소하고, 황제는 전쟁에서 돌아온 후에
처리하겠다 말한다. 그러나 만일 전사하여 돌아오지 못하면

어떻게 하겠느냐고 과부가 따져 묻자, 황제는 그 가능성을
기꺼이 인정하면서 후임자가 처리할 것이라고 대답한다.
그런데 대화는 여기서 끝나지 않는다. 과부는 황제의 본분을
직접 실천해야 하지 않겠느냐고 고집하고, 황제는 마침내
전쟁터로 떠나기 전에 해결하겠다고 약속한다. 정의와 연민이
동시에 그의 마음을 움직인다.

　과부는 재갈을 물린 황제의 말 옆에서 측은한 모습으로
울고 있는데, 주위에는 천군만마가 끝도 없이 대열을 이루고
황금 깃발이 지평선까지 펄럭인다. 과부와 황제 사이의
거리는 측량하기 어려울 정도지만, 과부의 절절한 호소는
황제의 정의와 연민을 일깨우고 둘의 거리를 일시에 해소해
버린다.

　지도자의 정의는 연민을 동반하면서 비로소 빛을 발한다.
그러나 인기를 얻으려는 포퓰리즘으로 흐르지 않도록
경계해야 한다. 그런 연민은 연민을 모욕하고 오도한다.
트라야누스 황제의 일화는 사실상 겸손의 이야기다. 황제의
마음을 움직인 것은 정의와 연민이지만, 그 정의와 연민을
움직인 것은 그의 겸손이었기 때문이다.

등불을 등 뒤로 들고
밤길을 걷는 자

권력은 부패한다. 원래부터 부패할 가능성이 큰 이들이 권력을 더 지향하는지도 모르겠다. 어느 쪽이든, 권력은 부패하면서 사람들을 잘못된 길로 이끌 가능성을 키운다. 불행한 진실이지만, 우리는 지금 정치, 경제, 과학 기술, 제도, 환경, 국제 관계 등 모든 영역에서 부패한 권력이 세상을 끝장낼 가능성이 어느 때보다 높아진 시대에 살고 있다. 그렇기 때문에 우리는 지금, 그 어느 때보다도 고결한 지도자, 정의와 연민을 지닌 지도자를 더 간절히 염원한다.

길잡이가 장님인데 그에 의존하면 그 사람도 역시 장님이 될 수밖에 없다. 장님이라 장님을 못 알아보는 격이다. 그렇게 눈먼 세상을 눈먼 자가 이끌게 두면 모두가 구렁에 빠지고 만다(《마태오의 복음서》 15장 14절). 눈을 뜨고 알아보는 분별은 누구에게나 필요하다. 우선 한쪽부터 눈을 뜨면 언젠가 다른 쪽 눈도 뜨일 수 있다. 문제는 부패한 세상에 두 눈을 감아버린 자들이 셀 수 없이 많다는 것이다. 그들은 서로의 어깨에 손을 얹고 구덩이 속에 떨어져 빠져나오는 길을 찾지 못한다(《향연》 1권 11장 4~5절).

고대 로마의 시인 스타티우스는 자기를 시인으로 이끈 베르길리우스를 이렇게 찬미한다.

"그대는 밤에 걷는 자, 등 뒤로 등불을
들고서, 자신을 돌보기보다
뒤따르는 자들을 현명하게 만드는 사람과 같았소."
(〈연옥〉 22곡 67~69행)

등불을 자기 등 뒤로 비추는 사람은 자기 자신보다
뒤따르는 사람들을 더 현명하게 만드는 사람이다. 누군가를
자신의 길로 일방적으로 이끌지 않고, 그 누군가가 스스로
길을 찾아나가도록, 스스로를 현명하게 만들도록 돕는
사람이다. 마키아벨리도 《군주론》에서 지도자의 진정한
역량은 사람들이 역량을 갖추도록 하는 것이라 지적한다.
이는 곧 사람들의 역량에서 지도자의 역량이 나온다는
뜻이고, 또한 원래부터 사람들은 스스로 길을 만들어나갈 수
있다는 뜻이다. 지도자의 진짜 역량은 사람들의 역량을 믿는
마음일 것이다.

여러 길잡이가 단테를 이끌었지만, 단테를 이끈 길잡이는
사실상 단테 자신이었다. 그 많은 길잡이들이 그런 식으로
단테를 이끌었다. 그것이 단테가 그들을 고결하다고 불렀던
이유였다. 등불을 뒤로 비추고 스스로는 앞의 어둠을
헤쳐나가는 우리 시대의 고결한 지도자들은 어디에 있는가.

14

운명

날아오르기 위해 태어난 존재, 인간

생각에 잠긴 단테

단테가 생각에 깊이 젖어 있다. 마르티니는
원을 따라 "오, 뿌연 시야를 온전히 고치는 햇살이여"
(〈지옥〉 11곡 91~92행)라는 문구를 넣었다.
단테는 지금 지옥 순례에 동행한 베르길리우스에게
인간의 죄에 대한 설명을 듣는다. "햇살"은
베르길리우스가 상징하는 인간의 지성이다. 이는
천국에서 단테가 궁극적으로 마주하는
구원의 비유다.

하늘과 맞잡은 손을
놓을 자유

이탈리아 북부 롬바르디아에서 군주들의 조언가와
외교관으로 활동했던 마르코 롬바르도는 관대한 성품과
현명한 지성을 겸비한 인물이었다. 단테는 자유 의지와 섭리,
부패의 원인과 교정, 종교와 정치의 관계 같은 중요한 주제를
다루는 장면에서 그를 등장시킨다(5장 〈분노〉 참조). 마르코가
들려주는 이야기의 한 대목은 섭리와 자유 의지의 역학
관계를 정확하게 포착한다.

"그대들은 더 큰 힘과 더 나은 본성에 속하여
자유로우니, 그것이 그대들 마음을

창조하고, 하늘은 그것을 관리하지 않습니다.

그러니 오늘날 세상이 어지럽다 해도
원인은 그대들 안에 있고 찾아야 하나니,
이제 그대를 위해 진실된 첩자가 될 것이오."
(〈연옥〉 16곡 79~84행)

　　자유 의지는 그야말로 자유로운 본성을 지니고 생겨났다.
그러나 자유로운 만큼 책임도 따른다. 세상이 어지럽다면,
원인은 하늘이 아니라 인간에게서 찾아야 마땅하다. 더
선하고 정의로운 공동체를 만들기 위해서는 제대로 된 정치적
실천이 필요하다(〈연옥〉 16곡 103~105행). 마르코가 "진실된
첩자"가 되겠다는 말은 그런 이치를 단테("그대")에게 잘
전달하겠다는 뜻이다.

　　폴란드 철학자 지그문트 바우만은 우리에겐 맞잡은 손의
안정과 그 손을 놓을 자유가 동시에 필요하다고 말한다.
안정과 자유는 서로 없이는 존재할 수 없지만 함께
존재하기를 버거워한다는 말도 덧붙인다(《고독을 잃어버린
시간》, 지그문트 바우만 지음, 오윤성 옮김, 동녘, 2019). 안정과
자유가 동시에 필요하다는 말은 옳다. 다만 맞잡은 손이
반드시 안정은 아니고, 손을 놓는 것이 꼭 자유인 것도
아니다. 또 안정과 자유는 함께 존재하기를 버거워하지 않을

수도 있다.

인간이 자유로운 것은 하늘의 힘과 본성에 직접 속하기 때문이다(〈천국〉 7곡 70~72행). 속함으로써 자유롭다는 이런 역설이 인간의 자유 의지를 창조했다. 하늘은 인간에게 자유 의지를 부여하고 난 뒤 아무런 영향을 행사하지 않는다. 단테는 《신곡》을 "하늘과 땅이 서로 손을 잡았던 시"라고 불렀다. 오랫동안 《신곡》을 쓰는 동안 하늘과 손을 맞잡느라 단테는 몹시도 쇠약해졌다(〈천국〉 25곡 1~9행). 그럼에도 단테는 하늘과 맞잡은 손을 놓는 자유를 누릴 생각이 없다. 놓는 자유도 있지만 놓지 않을 자유도 있고, 놓지 않으면서 자유를 누리는 것도 가능하다. 법의 준수는 구속이 아니라 오히려 자유라는 원리와 같다("법의 준수는 최고의 기쁨이자 자유다." 〈서간문〉 6번 서신 5절).

인간에게는 하늘과 땅이 맞잡은 손을 놓을 자유도, 계속 이어갈 자유도 있다. 맞잡은 손을 놓는 것은 하늘의 뜻도 인간의 뜻도 아니겠지만, 운명이 그렇게 될 수도 있다. 반면 맞잡은 손을 이어가는 것은 하늘의 뜻이면서 인산의 뜻이어서, 운명을 그렇게 몰아갈 수 있다. 손을 놔버리는 것은 아득한 추락임이 틀림없지만, 그렇다고 이어가는 것만이 안정된 상승인 것은 아니다. 하늘과 손을 맞잡는다는 것은 정확히 말해 잡고 놓기를 반복하는 것이다. 하늘과 맞잡은 손의 안정은 그 손을 놓는 자유를 '이미' 포용하고 있다.

안정과 자유의 길항에서 나오는 그 긴장이 인간의 운명을 이룬다.

인간은 섭리와 의지 사이에서 운명을 조절하며 미완의 삶을 살아내는 존재다. 삶은 주어진 것이 아니라 만들어가는 것이다. 삶은 언제까지라도 불완전하겠지만, 완전을 향해 나아간다는 최선의 도전과 낙관적 의지가 필요하다. 의지는 운명을 받아들이기도 하고 운명에 맞서기도 한다. 그런 중첩되고 반복되는 현실의 과정이 인간을 이룬다면, 결국 그 모든 것을 융화하는 우주적 작동은 섭리에 속한다. 인간은 의지를 섭리에 '자유롭게 맞추면서' 구원을 추구해야 한다. 도덕, 양심, 이성을 작동시키고 법, 정치, 제도를 운용하는 '불완전한 최선'의 삶을 통해 천국의 공동체를 이 땅에서 일궈나가라는 것이 곧 섭리가 인간에게 가르쳐주는 구원의 길이다.

지성의 비관주의와
의지의 낙관주의 사이에서

일제 강점기를 살던 역사학자 신채호는 《신곡》을 번안한 소설 《꿈하늘》(1916)에서 천국을 지워버렸다. 한때 존재했던 천국은 이제 먼지만 날리는 황량한 폐허일 뿐이다. 제국의 식민지 현실을 직시한, 냉철하고 엄중한 인식이다. 그런 암울함은 실질적으로 계속된다. 100년도 더 지난 지금도 우리는 여전히 천국이 황량한 곳일 수 있다고 상상한다. 밝고 풍요로운 미래란 없다는 것은 부정하기 힘든 진실일 수 있다. 그것이 지성의 비관주의라면, 희망을 놓지 않는 실천은 의지의 낙관주의에 속한다. 그 모순된 삶을 살아내야 하는 것이 우리가 당면한 현재의 과제다.

어쩌면 인간의 삶을 이끄는 것은 진실이 아니라 희망인 것 같다. 더 정확히 말해, 희망으로 일구는 진실이다. 낙관주의는 반드시 결과가 행복하리라는 믿음이 아니라, 매 순간에 의미를 두고 기꺼이 최선을 다하려는 마음가짐이다. 결과가 불행할 수도 있음을 알면서도, 도착한 천국이 아름답고 향긋한 꽃이 아니라 퀴퀴한 회색 먼지로 덮여 있을 수도 있음을 알면서도, 먼지를 털어내고 꽃을 심겠다고 마음먹는 것이 인간이란 존재다. 단, 살아 있는 동안에만 그렇게 할 수 있다. 인간은 '삶의 존재'다. 선을 추구하든 악을 물리치든, 자신의 의지로 길을 걷는 것은 살아 있는 동안에만 가능하다. 죄와 선의 값이 측정되어 이미 지옥, 연옥, 천국에 배치된 저승의 영혼들과 달리 인간은 살아 있는 동안 아직 뭔가를 해볼 기회가 있다는 뜻이다(부록 〔그림 13〕 참조).

우리는 "종말로 날아가는 삶"(〈연옥〉 20곡 37행)과 "죽음으로의 질주인 삶"(〈연옥〉 33곡 53행) 속에서 스스로의 의지로 운명을 경영해야 한다. 운명은 섭리의 다른 이름이다. 섭리가 의지를 꺾지 않듯, 운명은 의지를 꺾지 못한다. 운명은 풀 속의 뱀처럼(〈지옥〉 7곡 84행) 은밀하고 어디로 갈지 알 수 없다. 그러나 의지는 운명을 인지하고 바꾼다. 이것이 의지의 낙관주의다. 이에 비해 지성의 비관주의는 의지가 이미 결정된 운명을 어쩌지 못한다는 생각이다. 인간에게, 역사에, 미래에, 삶에 희망이 없을 수도 있다는 냉정한 인식이 들어 있다.

지성의 비관주의는 오히려 의지의 낙관주의를 가능하게 하는 발판이다. 종말로 날아가고 죽음을 향해 질주하는 삶이라도, 그 안에서 억압과 소외가 계속되는 한, 우리는 싸워야 한다. 결국 죽는다는 사실을 알면서도 삶을 살아내려는 의지, 비극을 희극으로 자꾸 비틀려는 시도, 불완전한 삶을 불완전하게라도 끝까지 마치려는 자세. 이것이 단테가 《신곡》에서 보여주려는 인간과 삶의 본질이다.

그래서 우리는 단테의 순례가 길의 종점이 아니라 길 위에서 완성된다고 생각해야 한다. 인간이란 본래 완전해질 수 없는 존재이며, 다만 최선을 다할 뿐이다. 최선이란 섭리를 거스르고 꺾는 것이 아니라, 섭리에 맞추는 조율의 노력을 뜻한다. 그것이 무너지면 교만, 탐욕, 분노, 위조, 폭력, 주술, 분열 같은 악한 성정들이 삶을 지배하게 된다. 내세는 현세에서 쌓은 업의 책임을 떠안으면서 자기 정체성을

완전하고 영원하게 실현하는 곳이다. 완전한 선과 완전한
악이 영원불변하게 고정되는 곳. 생각만 해도 끔찍하지
않은가.

인간, 약한 바람에도
흔들리는 존재

인간은 선한 본성을 갖고 태어나 구원을 향해 날아오를
존재이건만, 약한 바람에도 쉽게 궤도에서 이탈한다.

> 오, 위로 날도록 태어난 인간들이여,
> 어찌하여 약한 바람에도 떨어지는가?
> (〈연옥〉 12곡 95~96행)

"약한 바람"이란 완전을 향한 조급하고 섣부른 욕망이다.
어떤 문제에 정답을 주고, 나머지를 오답으로 처리하는
안일한 태도다. 그런 단순한 이분법은 인간을 이루는 무수한
겹을 들여다보려는 노력을 포기할 때 나온다. 그러나 선과
악을 분명하게 나누고 악을 일방적으로 제거하려 할 때,
오히려 선보다 악으로 나아가게 된다.
선이 죄를 몰아낼 때, 죄는 죄로 남고 죄를 몰아내는 선은

죄를 닮아간다. 반대로 선이 죄를 껴안을 때, 죄는 선으로 남고 죄를 껴안는 선은 선을 유지한다. 죄를 몰아내기보다 껴안기가 훨씬 더 어렵고 복잡하다. 끝이 없는 길일 수 있다. 시행착오와 갈등, 대립을 견디고 나아간다 해도 도달이 보장되지 않는 지난한 길이다. 그래도 악의 응징과 절멸로 나아가는 최선의 길임은 틀림없다. 인간은 완전한 신을 흉내 낼 수는 있어도 대신할 수는 없다. 그저 주어진 의지를 발휘하여 불확실한 미래를 기대하며 살아가야 하는 것이 인간의 운명이다.

그 길에서 필요한 것은 포용과 관용, 연민이다. 우리는 그것들이 마음에 스며들도록 영성을 키워야 한다. 동시에, 제도, 법, 과학, 윤리, 종교처럼 우리가 만들어낸 사회적 장치들에 대한 믿음이 필요하다. 그것들이 불완전하다고 해서 무력하고, 결국엔 무위로 끝날 거라고 단정할 수는 없다. 세상에서는 완전한 것도, 완전해지는 것도 없다. 다만 계속해서 보완하며 나아가야 한다.

불완전함은 우리 스스로를 돌아보게 만든다. 그런 면에서 완전함은 오히려 위험하다. 확신이 깃들기 때문이다. 확신은 우리 인간의 것이 아니다. 우리는 늘 뿌연 안개 속에서 두리번거리며 나아가는 존재다. 선이 악을 껴안으며 스스로를 불순하게 만드는 그 지난하고 고된 과정을 우리 손으로는 결코 끝내지 못할 것이다. 우리에게 허락된 시간은 화살이 날아가는 동안뿐이다. 화살이 과녁에 꽂히는 것은 신의 영역이다.

"내 뒤로 오라. 사람들은 말하게 두라.
탑처럼 굳건하여, 바람이 불어쳐도
끝자락조차 일체 흔들리지 말라."
(〈연옥〉 5곡 13~15행)

　길잡이 베르길리우스가 발길을 주춤거리는 단테에게
던지는 말이다. 카를 마르크스는 1867년 나온《자본론》
초판 서문에 이 문구를 인용했다. 사람들이 뭐라고 떠들어도
한치 흔들림 없이 나아가려는 단테를 마음의 동료로 삼고
싶었던 것 같다. 그러나 이렇게 말하면서도, 단테도
마르크스도 그 내면에 어떻게 흔들림이 없었겠는가.
"흔들리지 말라." 이 명령은 언젠가 흔들리지 않는 경지에
도달하라는 것이 아니라 언제나 흔들리지 않기 위해 끝까지
버티라는 말이다.

운명을 견디는 겸허한 의지

하늘과 땅이 서로 손을 잡았던, 그래서
나를 오랜 세월 쇠약하게 한,
거룩한 시가 언제라도 일어난다면,

내가 양으로 잠든 포근한 우리 밖으로
쫓아낸 잔악한 마음, 싸움을 거는
늑대들을 적으로 맞아 승리를 거둔다면,

그때 나는 다른 목소리와 다른 양털을 지닌
시인으로 돌아가리라, 그래서 나의
세례의 샘에서 모자를 쓰리라.
(〈천국〉 25장 1~9행)

《신곡》을 완성할 무렵, 단테는 하늘과 땅이 서로 손을
잡았던 이 거룩한 시를 쓰는 동안 쇠약해졌다고 고백한다.
쇠약해진 것은 신의 빛을 인간의 호주머니에 넣는 대가이고,
신은 단테가 쇠약해진 만큼만 가치가 있다는 말일까? 자신의
희생을 강조하면 그렇게 들릴 수도 있다. 그러나 희생이
반드시 대가를 받아야 한다는 법은 없다.

"거룩한"은 단테가 신 앞에서 스스로에게 부여한 의무와
약속을 이르는 말이다. 단테는《신곡》을 쓰느라 삶을 통째로
바쳤고 속절없이 늙어갔다. 그가 쇠약해진 것은 대가를
돌려받아야 할 희생이 아니라 자발적으로 수행한 의무이자
과제의 결과였다. 지금 단테는 신의 진리를 인간의 언어로
옮기는 운명을 감당해냈다는 보람을 표명하고 있다. 그런
한에서, 단테의 쇠약은 승리가 된다. 그것은《신곡》이 사람들

사이에서 널리, 오랫동안 읽히는 문학적 승리를
의미한다("모자"는 월계관을 가리킨다).

《신곡》 집필은 단테의 의지이고 운명이었다. 어떤 운명은
싸움을 걸어 그를 쫓아내고, 어떤 운명은 그런 그에게 글을
쓰라고 했다. 어떤 것은 맞서고 어떤 것은 받아들일지는 그의
의지에 달려 있었다. 그 의지의 발현이 곧 그의 운명이었다.
운명을 인정하지 않는 사람들은 운명을 필연이라고 생각한다.
반드시 이루어진다고 믿는 것이다. 이들은 의지로 필연을
만들고야 말리라는 교만에 빠지기 쉽다. 반면, 운명을
인정하는 사람들은 운명을 우연이라 생각한다. 어떻게 될지
모른다고 믿는 것이다. 이들은 의지로 우연을 받아들이는
겸손을 갖춘다.

운명을 받아들이고 견디는 의지는 희망과 체념을 함께
끌어안는다. 비록 최선을 다했어도 운명이 나의 바람대로 가지
않을 때, 그 운명을 그대로 받아들인다. 이와 달리 운명을
거부하고 피하는 의지는 희망만 알고 체념은 모른다. 그래서
운명이 나의 바람대로 가지 않을 때, 그 운명을 받아들이지
못하고 나를 더 채찍질한다. 의지의 대가를 받아내야 한다는
생각에 운명을 무시하고 거역한다. 끝내 대가를 받아내지 못할
때도 포기를 모른다. 운명을 전면 재구성하기 위해 악을
저지르려는 유혹도 불사한다. 겸허한 의지는 다르다. 그것은
자신을 높이는 대신 낮추고, 그렇게 함으로써 운명을 받아들일

준비가 되어 있다. 단테는《신곡》을 쓰는 운명을 그렇게
받아들였다.

단테의 길, 인간의 길

인간은 하늘로 날아오르도록 태어났다. 신에게 돌아갈
존재다. 그러나 단테는 거꾸로 신에게서 인간으로 돌아왔다.
그리고 그것을 승리라고 불렀다. 단테는 인간으로
돌아옴으로써 신에게로 돌아간다. 그렇게 인간과 신을
연결하는 것이《신곡》이다. 길 위에서 단테는 인간과 신의
연결 방식을 캐묻고 되새긴다. 그가 말하는 승리란 신과
인간이 손을 맞잡는《신곡》을 쓰고, 또 그《신곡》이 널리
읽히는 일이니, 그 승리는 인간이 인간의 자리에서, 인간의
방식으로, 신과의 관계를 새롭게 모색하는 것을 의미한다.
그렇다고 인간이 자신의 목표에 따라 신을 조절한다는 뜻은
결코 아니다. 단테는 신이 처음부터 자신의 모든 것을
헤아리고 받쳐주었다는 진실을 천국의 꼭대기에 이르러서야
깨닫는다. 사랑이 처음부터 자기를 이끌고 있었다고
고백하면서(〈천국〉 33곡 142~145행).
　인간으로 살아가며 인간답게 견디는 노력 자체가 인간
존재의 본질이다. 단테는 이 진실을 독자와 나누고 싶었고,

화답을 원했다. 화답은 인간의 본질을 세상과 조화시키는
삶을 살아내는 것이다. 천국은 그런 삶 속에서 떠오른다. 7장
〈성애〉에서 이야기했듯, 단테의 스승 라티니는 별 하나 없는
캄캄한 지옥에서 단테에게 이렇게 말한다.

> "너의 별을 따라간다면,
>
> 영광의 항구에 실패 없이 도달하리."
>
> (〈지옥〉 15곡 55~56행)

　여기서 "너"는 인간 전체이기도 하다. "너의 별"은
행복을 추구하려는 인간의 본성을 뜻한다. 그러나 본성만으로
인간이 되지는 않는다. 중요한 것은 '따라가는 것', 즉
자신에게 주어진 길을 기꺼이 걸어가는 일이다. 해야 할 일을
하는 것이 인간됨의 시작이지만, 말처럼 쉽지 않다. 인간이
되는 일은 되지 않는 것보다 훨씬 더 어렵다.
　단테의 밤길은 지옥을 견디는 힘으로 별을 따라
천국("영광의 항구")으로 향한다. 지옥을 견디지 않고서는
천국으로 향할 수 없다. 육신의 현실과 영혼의 이상. 언제나
그 둘이 단테의 길을 이끈다. 베르길리우스와 함께 땅을 딛고,
베아트리체와 함께 하늘로 날아오른다. 그러면서 끊임없이
지옥을 천국으로 변화시키고, 그 변화를 자신의 변신으로
재현한다. 지옥의 어둠은 확실하게 밀려들고 천국의 빛은

희붐하게 비칠 뿐이지만, 희망의 불씨를 꺼뜨리지 않는다.
어디가 끝인지 알 수 없는 그의 발걸음이 지금 우리를
지탱하고 있다.

15

사랑

타자의 감수성으로 배우는 삶

사랑으로 다시 태어나는 단테

지하 세계의 틈새에서 막 빠져나온 단테에게
베아트리체가 다가와 그를 천국의 빛으로 끌어올린다.
그녀 뒤에는 예수의 모습이 어른거린다. 삽화 위쪽에는
'마지막 밤'이라는 글자가, 아래쪽에는 '부활'이라는 글자가
쓰여 있다. 베아트리체는 인간이 최후의 심판에서
부활하기까지 예수의 사랑이 끊이지 않고 이어질 것임을
보여주는 듯하다. 거기에 화답하여 사랑을 생각하는 한,
천국은 오늘도 우리 가운데서 자라나리라.

사랑에서 자라나는 천국

마침내 천국의 꼭대기에 오른 단테는 하느님의 빛으로
이루어진 원 안에서 인간의 모습과 하느님의 모습을 함께
지닌 예수 그리스도의 이미지를 본다. 그러나 인성과 신성이
어떻게 하나로 결합하는지는 자신의 이성으로 이해할 수 없는
신비의 영역임을 깨닫는다. 단테는 그 이성의 한계를
무리수이면서 초월수인 원주율에 비유하여 표현한다.
원주율은 소수점 아래 어느 자리에서도 끝나지 않고 순환
마디도 없이 영속하는 비순환소수라는 점에서 무리수고, 직선
자와 컴퍼스만 사용하여 원과 동일한 넓이의 정사각형을
작도하는 원적圓積 문제를 유한한 대수적 방법으로는 풀 수
없다는 점에서 초월수다(〈천국〉 33곡 127~139행).

원주율을 감당하지 못하는 단테의 이성의 날개는 원 안에서 신과 완벽한 합일을 이루는 경지에 끝내 이르지 못한다. 그러다가 한순간, 하느님의 빛이 그를 흔들어 그의 소망과 의지를 처음부터 사랑이 이끌고 있었다는 사실을 깨닫는다. 소망과 의지는 지옥에서는 분리되었고(〈지옥〉 1곡 28~30행), 연옥에서는 그 분리가 치유되며(〈연옥〉 17곡 127~129행, 18곡 61~75행), 이제 천국에서는 사랑으로 하나가 된다. 그의 소망과 의지는 언제라도 사랑과 하나가 된 채 원을 그리며 돌아가고 있었다.

> 이미 나의 소망과 의지는, 똑같이
> 움직이는 바퀴처럼, 태양과 다른 별들을
> 움직이는 사랑이 돌리고 있었다.
> (〈천국〉 33곡 143~145행)

원환圓環과 같은 완전한 사랑의 신비로운 전개도 한이 없지만, 사랑을 추구하는 인간의 불완전한 길도 끝이 없다. 그 힘든 길을 걷기 위해 단테는 세상으로 내려온다. 처음부터 사랑이 그의 소망과 의지를 이끌고 있었다는 깨달음은, 천국의 꼭대기에서가 아니라 그 꼭대기를 올려다보는 이 땅에서 이루어지고 있다. 이제 단테가 해야 할 일은 내세의 순례를 기억으로 떠내고 언어로 옮기는 일이다. 단테는

《신곡》의 마지막 구절과 함께 그 일을 마치고 있다.

내세 순례에서 돌아온 단테는 사랑을 곰곰이 생각해본다. 자기를 이끈 사랑이 무엇인지를 생각하는 동안, 주변에서 지옥은 희미해지고 천국이 자라난다. 사랑이 뭔지 다 알 수는 없어도 그것을 생각하는 마음이 세상을 따스하게 만든다. 사랑의 생각이 멈추면 천국의 파동도 사그라든다. 그러니 사랑을 생각하는 과정이 곧 천국이다. 사랑은 사랑을 먹고 자라난다. 단테가 천국의 끝에서 만난 것도 그렇게 스스로 영원히 자라나는 사랑이었다(부록 〔그림 14〕 참조).

사랑은 처음이고 끝이다

사랑은 모든 존재의 바탕이다. 신의 사랑은 물론 인간의 사랑도 세상을 구성한다. 신의 사랑은 필연적이고 보편적이기에 늘 옳지만, 인간의 사랑은 선택적이고 개별적이어서 때로 그르친다. 아우구스티누스는 신에게 다가가며 사랑의 평안을 얻었고, 아리스토텔레스는 인간 사이에 머물면서 사랑의 길을 찾았다. 단테는 둘 사이를 오갔고, 둘을 분리하지 않았다. 그러나 신의 사랑이 인간의 사랑을, 인간의 사랑이 신의 사랑을 '온전히' 품을 수 있는가?

인간의 사랑은 신의 사랑을 닮고자 하지만, 신의 사랑은

입맞춤

입을 맞추려는 두 얼굴은 온전히 서로 닿지 못한 채
빛과 어둠 사이에서 서로를 삼키면서 욕망이 소멸하는
경계를 만든다. 꿈을 시각화하는 예언자 마르티니는
단테가 만난 지옥의 어둠과 천국의 빛이
한 순간, 한 장소에서 맞닿는 찰나처럼 느끼는 듯 보인다.
사랑은 구원의 빛이자 파멸의 어둠이다.

인간의 사랑을 그대로 품지는 않는다. 인간이 사랑을 옳게 하면
보상으로 천국에 오르지만, 사랑을 그르치면 책임을 지고
지옥으로 떨어져야 한다. 신이 책임을 대신하는 일은 없다.
인간이니 사랑을 그르칠 수도 있다. 그러나 사랑을 그르친다고
해서 그게 꼭 결함인 것은 아니다. 오히려 구원을 향해 나아갈
여백이다. 사랑의 실패도 사랑의 일부다. 다만 지옥은 잘못된
사랑이 '굳어진' 곳이다. 적어도 살아 있는 동안 인간은 잘못된
사랑을 저지르면서도 앞으로 나아가는, 완전하지 않아도
사랑을 멈추지 않는 존재다.

단테가 《신곡》으로 추구한 신과 인간의 합일이란, 신을
인간에 끼워 맞추자는 것이 아니라 인간이 신의 속성을
닮아간다는 뜻이다. 신은 인간이 최선을 다한 뒤에 서는 심판의
법정이고, 다시 또 최선을 다한 뒤에 서는 상급 법정이며, 그런
과정은 계속된다. 신은 영원하고 인간은 유한하다. 신은 사랑의
판관으로 우리가 나날이 살아가는 삶에 항상 깃들어 있음을
기억해야 한다.

인간의 사랑이 불완전한 것은 현실의 정의와 제도 속에서
끊임없이 시험받기 때문이다. 바로 이런 구도에서 섭리와
운명은 인간 의지가 현실에서 세워가는 역사적 정의가 된다.
인간은 권력이 구축한 억압적 일상 속에서 평화와 위안을
누리려는 비겁한 존재가 되기 쉽다. 그러나 그런 내면의 강한
욕망은 원래부터 타고난 것이 아니라 권력의 손에 길이 든

것이다. 신이 인간을 그런 비겁한 존재로 만들었을 리 없다.
다만 그러지 않을 의지를 발휘할 주체는 인간 자신이다.
나날이 우발적으로 일어나는 불확실을 운명적 섭리로 바꿀 수
있다는 희망을 우리는 사랑이라 부른다. 사랑을 그르치는
것은 사랑하려는 의지를 멈추지 않는 인간의 운명이다. 신은
그런 불완전한 사랑 속에서 인간 스스로 구원으로 나아가기를
기다리고 있다.

진실을 사랑하는
유연한 마음

우리가 이 시대에서 무엇보다 사랑해야 할 대상은
진실이다. 단테는 공동체의 삶에서 진실이 무엇보다
중요하다고 믿었다(〈천국〉 17곡 112~120행;《향연》 3권 3장 11절,
4권 8장 15절;《제정론》 3권 1장 3절;〈서간문〉 11번 서신 11절).
사랑의 빛은 넓게 퍼질 수 있지만, 진실의 초점은 좁아야
한다. 사랑을 하더라도, 무엇이 틀리고 맞는지는 분명해야
한다. 서로에게 진실을 말하지 않는다면 우리는 함께
살아갈 수 없다.

　　　"그대의 진실된 말이 내 마음에

선한 겸손을 심어주고, 들썩이는 부풀음을
가라앉혔건만,"
(〈연옥〉 11곡 118~120행)

진실에 귀 기울이는 마음에는 선한 겸손이 스며들어
방자하게 부푼 교만을 잠재운다. 진실을 함께 향유하려면
무엇보다 내가 틀릴 수 있다는 지적 겸손과 상대가 옳을 수
있다는 정서적 겸손이 필요하다. 우리는 모두 불완전한
존재이기에 때로는 잘못을 저지르거나 거짓을 앞세울 수도
있지만, 인정하고 고백하는 것 또한 할 수 있는 존재다.
그래서 겸손은 늘 필요하다.

겸손은 나를 구부리는 마음이다. 겸손하면 생각이
유연하여 불확실성을 감당한다. 교만은 나를 세우려는
욕망이다. 교만하면 생각이 꽉꽉하여 확실성을 고집한다.
겸손한 마음은 진실을 나누고, 교만한 욕망은 진실을 감춘다.
진실을 나눌 때는 모두가 동료가 되지만, 진실을 감출 때면
누구든 적이 된다. 진실을 제대로 사랑하는 것은 우리
시대에서 무척 어려운 일이 되었다.

진실을 독점하고 상대를 적으로 배제하며 억압하는
사회에는 분열과 혐오, 선동과 혼란 밖에 들어설 자리가 없다.
편향된 알고리즘이 이런 왜곡된 흐름을 부추긴다. 언어와
논리가 붕괴하고 소통이 불가능해지며 진실이 소진된다.

우리는 법이라는 제도적 장치와 정치라는 윤리적 실천, 공동의 진실을 세우고 그를 향해 함께 나아가려는 일상의 노력이 어느 때보다 필요한 시대를 살고 있다. 확증 편향의 시대에서 공동의 진실의 가치는 한층 더 밝은 빛을 발한다. 진실은 주어지는 것이 아니라, 함께 세워가야 하는 것이다.

확증 편향은 인간이 지닌 인지 능력의 한계에서 비롯된다. 우리 인간은 진실을 받아들이는 데 어떤 타고난 제한이 있다는 뜻이다. 진실은 단순하지 않다. 현실에서는 감당하기 힘들 만큼 복잡하게 드러나기도 한다. 그러나 견뎌야 한다. 그래야 세이렌의 화사한 옷 속에 감춰진 그 메스꺼운 냄새를 들춰낼 수 있기 때문이다. 그 불쾌와 불편을 직면해야 진실을 바로 볼 수 있다. 타자와의 공존도 마찬가지다. 나와 다르다고 해서 상대를 피하거나 밀어내는 대신 포용하되, 그로 인한 상처를 감수해야 한다. 그래야 공동의 진실을 세우고 나눌 수 있다.

우리 시대의 사랑은 무엇인가

사랑의 공간인 천국에서도, 금성이 찬란하게 빛나는 하늘은 특별히 사랑의 기운을 품은 곳이다. 단테가 거기서 만난 샤를 마르텔은 이런 질문을 던진다.

"말해보시오. 지상의 인간이
시민이 못 된다면 가장 나쁜 일일까요?"
"네," 내가 대답하길, "까닭을 물을 것도 없어요."

"저 아래서 다른 임무를 위해 다르게
살지 않는다면 그럴 수 있을까요?
그대들 선생이 쓴 게 옳다면, 그렇지 않습니다."

그는 추론하며 여기까지 이른 다음
결론을 내리길, "따라서 그대들 행위의
뿌리들도 다를 수밖에 없어요."
〈천국〉 8곡 115~123행)

세상을 살면서 공동체의 구성원 역할을 하며 살아가지
못하는 것은 당연히 불행이다. 그런데 샤를 마르텔이 인용한
아리스토텔레스("그대들 선생", 〈시옥〉 4곡 131행)의 통찰처럼,
공동체를 이루기 위해서는 각자의 역할이 달라야 한다.
공동체는 각자에게 다른 삶의 의미와 목표를 요구한다.
그렇기 때문에 우리는 서로 다른 삶의 차이를 인정하고
존중하며 조율해야 한다. 그것이 정치다. 본성적으로 우리는
어울려 살아가는 정치적 동물이다(《정치학》 1253a1; 《향연》 4권
4장 1절).

우리가 더 정의롭고 선한 사회를 이루기 위해서는 인간의 본성과 원리를 잘 이해하고 따라야 한다. 우리는 잘 맞지 않는 운명과 마주칠 때, 마치 낯선 토양에 뿌려진 씨앗처럼 시련을 겪게 마련이다. 인간도 식물처럼 알맞은 토양과 적절한 돌봄이 필요하다. 그 토양과 돌봄은 사회 안에서 개개인이 서로가 서로에게 제공해야 한다.

단테는 개인의 영역을 사회와 타자의 차원으로 확장하고 연결하며, 공과 사의 경계를 허문다. 흔히 공사를 구분하지 못한다는 말은 비난으로 들린다. 서로의 영역을 침범하여 와해시키기 때문이다. 만약 정부가 개인을 감시하고 통제하거나 개인이 공권력을 제 마음대로 휘두르고 독점하며 경계를 침범한다면 그것은 전체주의다. 그러나 단테가 공사의 경계를 허문다는 말은 전체주의처럼 개인을 해친다는 뜻이 아니라, 서로의 영역을 존중하되 이를 넘나들면서 세워나간다는 뜻이다. 정부는 개인의 연대를 도모하여 증진하고 개인은 공적 의식으로 무장하는 사회는 민주 공화주의에 해당한다.

공공의 마음은 개인의 마음에서 시작하고, 공공의 책임은 개인의 책임으로 끝난다. 그래서 우선은 한 사람 한 사람의 실천이 중요하다. 개인의 마음은 항상 공공의 마음으로 열려야 한다. 현명한 공동체는 좋은 지도자를 만든다. 서로 다른 삶을 함께 살아가려는 개인들의 윤리적 의무와 책임이 중요한 이유다. 정치란 결국 공동체의 요청에 응답하는 윤리의 일부다. 윤리가 반드시 사적인 것만은 아니듯, 정치가 반드시 공적인 것만은 아니다.

대다수가 일상에서 지키는 소소하고 평범한 사랑이 지옥을 잊지 않게 한다. 사랑은 0.1퍼센트만을 위한 화사한 행복의 장막을 걷어내고 99.9퍼센트의 어두운 이면을 드러내면서 출발한다. 지옥을 막으려는 개인의 일상적 노력이 우리가 만들어가는 천국이다. 인간은 사랑의 능력을 지니고 태어난다. 그러나 어떤 사랑을 받아들이고 어떤 사랑을 걸러낼지는 오직 우리의 자유 의지에 달려 있다. 그것이야말로 하느님이 인간에게 베푼 가장 큰 선물이다(《제정론》 1권 12장 6절). 철학자들은 그런 이치를 바닥까지 캐고 들어가 윤리라는 체계로 정리하여 인간이라면 반드시 지켜야 할 삶의 규범으로 제시했다(〈연옥〉 18곡 67~69행). 인간의 윤리는 엄연히 신의 심판 이전의 것이다. 윤리적 의지에 따라 사랑은 선이 될 수도, 악이 될 수도 있다. 돈과 힘에 대한 사랑도 마찬가지다. 사랑이 조절되지 않으면 휘둘려 균형을 잃고 죄악이 되어버릴 수 있다.

사랑으로 공동체를 이루는
타자의 감수성

타자를 향한 공감이나 연민은 윤리적 선택의 출발이다.
그러나 공감과 연민이 그 자체로 곧바로 윤리가 되는 것은
아니다. 타자와 공존하고 공동의 진실을 나누기 위해서는
개인이 공적 의식을 갖추고 나날의 삶에서 실천하는 단계가
필요하다. 그 과정에서 개인마다 '타자의 감수성'이 자라나고
공동체의 윤리로 성숙한다.

> "너는 네가 가장 사랑하는 모든 것을
> 버려야 할 것이니, 그것이 망명의 활이
> 처음으로 쏘게 될 화살이다.
>
> 너는 남의 빵이 얼마나 짠지,
> 남의 계단을 오르내리는 일이 얼마나
> 고된 길인지 알게 될 것이다."
> (〈천국〉 17곡 55~60행)

단테는 화성의 하늘에 올라 고조부 카차귀다를 만난다.
그는 한 번도 본 적 없는 후손에게 진심 어린 충고를 건네며,
특히 망명객으로 겪게 될 시련을 예고한다. 우선 사랑하는

모든 것을 포기해야 하고, 이어 남의 집을 전전하며 눈물에 전 빵을 씹는 설움을 겪어야 한다(《향연》1권 3장 4~5절). 고조부는 주거와 음식이라는 삶의 기본 조건을 언급하면서, 그 시련이 엄연한 현실임을 일깨운다.

그러나 망명은 단테의 모든 것을 앗아가는 동시에 모든 것을 마련해주었다. 그가 오르내리는 계단은 하나의 경계였다. 경계란 타자와 마주치는 접변이다. 계단을 오르내리는 경험은 그가 속했던 공동체뿐 아니라 스스로도 품고 있던 배타적 정체성에 균열을 냈다. 남의 집 계단은 다양한 정체성들과 만나는 자리였고 해방의 공간이었다. 그는 분리됨으로써 연결되었다. 공동체에서 추방되면서 스스로를 다시 세울 수 있었고, 다수의 논리에 휘둘리는 가짜 공동체가 아니라 소수의 목소리가 울려 퍼지는 진짜 공동체를 상상할 수 있었다.

이 인용문을 1920년대 일제 강점기를 살았던 이추강, 변영로, 전영택 같은 조선의 작가들이 실어 날랐던 것은 우연이 아닐 것이다(이추상, 〈단테와 신神곡〉,《학생계學生界》 제10호, 32쪽; 변영로, 〈주아적생활主我的生活〉,《학지광學之光》 제20호, 55쪽; 전영택, 〈시성詩聖 단테〉,《조선문단朝鮮文壇》제9호, 88쪽). 망명자 단테는 자기를 추방한 피렌체가 귀환을 제안하자 이렇게 답했다.

난 어디서도 해와 별을 올려다볼 수 있지 않은가?

피렌체의 시민 앞에서 나 자신을 치욕과
불명예로 더럽히지 않고서, 어느 하늘 아래서도 가장
고귀한 진실을 명상할 수 있지 않은가? 정녕 빵조차
부족하지 않을 것이다.
〈〈서간문〉 9번 서신 4절〉

단테 당대에서 도시는 복잡하게 분열되었고, 도시들
사이에서도 대립과 충돌이 만연했다. 그런 상황에서 경계
밖으로 추방당한 단테는 다시 경계 안으로 복귀하는 대신,
모든 경계를 넘어서는 보편적 연대를 꿈꿨다. 그에게 경계는
타자와 외부를 허용하는 장소이자 계기였다. 이런 세계
시민주의적 사고와 감정은 일제 강점기 조선의 지식인들이
식민의 현실을 극복할 경로를 고민하며 그려낸 원대한
구상에까지 이르렀다.

공동체는 고유와 공유를 동시에 만족시켜야 한다.
공동체는 구성원 각자가 책임을 나누는 관계로 유지된다.
단테는 이런 공동체의 윤리를 채무 변제에 비유한다.
공동체는 내가 누군가에게 진 채무를 자발적으로 인정하고
갚으면서 지속된다. 채무를 갚는 의식도 없고 실천도 모르는
사람은 타자를 배제하여 스스로를 고립시키고, 자신의
순수성을 내세우며 우월감에 사로잡힌다. 그런 사람은
움직이지 않는다. 변화를 원하지 않고, 경계 밖으로

추방당할까 봐 두려워하며, 비슷한 사람들과 무리 지어
웅크린다. 공동체는 그런 무리를 위한 안전지대가 아니다.
공동체는 스스로를 경계 밖으로 추방함으로써 경계 안을
돌아보고, 걱정과 근심을 안고서 부단하게 오가는 실천으로
만들어진다(부록 〔그림 15〕 참조).

　　단테가 생각하는 공동체는 경계를 안과 밖을 연결하는
거점으로 활용한다. 그러기 위해서는 경계 밖 타자의 자리에
서보려는 의지와 실천이 강하고 끈질겨야 한다. 바로 그런
타자의 감수성이 천국의 공동체를 이룬다. 천국의 공동체는
아무나 들이지 않는 배타적인 성채가 아니라 아무나 들이는
포용적인 마당이다. 결국 이 땅에 천국의 공동체를 건설하는
기획은, 그것이 배려와 관용, 용서와 화합, 사랑의 연대 위에
서야 한다는 간결한 진실을 외면하지 않는 데서 출발한다.

조절하고 맞추는 사랑

　　단테가 천국에 오르자, 친구들이 하느님을 향한 사랑으로
회전하면서 내는 음악이 들려온다. 회전하는 친구들이
완전하게 계산된 비례에 따라 고음과 저음을 조절하고
맞추면서 내는 소리다. 단테는 그 조화로운 소리가 어디서
어떻게 나오는지 알고 싶은 마음에 사로잡히는데, 그렇게

예리한 느낌은 생전 처음이었다고 고백한다(〈천국〉 1곡
76~84행). '조절하고 맞춘다'는 표현으로 보아 단테는 당시
최고로 발전한 화음 형태였던 다성악을 생각한 듯 보인다.
여러 음이 각자의 소리를 내면서 전체의 조화를 이루는
다성악이 단테로서 천국의 사랑을 전달할 수 있는 유력한
비유였다.

　　단테는 귀에 들려오는 천국의 음악에서 인간의 음악을
떠올린다. 천국의 완벽한 음악과 달리 인간의 음악은
불협화음을 없앨 수 없다. 단테는 어쩌면 천국의 음악도
불협화음을 품고 있다는 상상을 해본다. 천국에서도 불통의
요소와 현실은 완전히 사라지지 않는 것이 아닐까. 천국은
불통을 없애는 대신 품는 곳이 아닐까. 불통이 사라지면
소통의 노력도 사라지지만, 갈등은 잘만 조절하면 발전의
원동력이 된다. 마찬가지로 불협화음을 없애기보다 포용하는
과정이 인간 세상에서 천국의 조화를 만드는 유일한 길이다.
조화란 어느 한쪽 편도, 한쪽 편의 어느 한 조각도 소홀히
버리지 않는 것을 뜻한다. 단테가 천국에서 들은 것은 타자를
마음에 들이는 감수성에서 나오는 사랑의 음악이었다.

16

구원

불순한 천국, 우리 시대의 공동체

천국의 단테
사랑과 지성의 날개를 퍼덕여 천국의 꼭대기에 오른
단테가 눈을 감은 채 신의 빛을 온전히 받고 있다.
마르티니는 〈천국〉 제33곡을 요약하는 삽화에
"LA VEDUTA VI CONSUNSI"라는 문구를 새겨 넣었다.
"나의 시각을 소진했다"(〈천국〉 33곡 82행)라는 뜻이다.
단테가 신의 빛을 내면의 눈으로 직관하며 겪은,
신과의 미분리의 순간을 압축한 시적 요약이다.

천국은 삶의 방식이다

단테는 실천을 인간다움의 핵심으로 생각하고, 공동체의
법과 제도, 정치를 세우고 운용하는 문제를 고민한다. 그런데
그가 말하는 실천은 그저 행동한다는 뜻에 그치지 않는다.
언제나 다시 묻고 검토할 준비가 되어 있어야 한다는 뜻이다.
천국이라고 나를까. 천국은 인간이 오랫동안 꿈꿔온
이상이지만, 저편 어딘가에 자리하고 있었을 뿐 지금 여기에서
어떤 모습이어야 하는지 문제 삼은 적은 별로 없었던 것 같다.
단테의 순례는 지옥에서 연옥을 거쳐 천국으로 오르는
상승의 구도를 취하지만, 우리는 천국의 꼭대기에서 다시
세상으로 하강한 단테를 생각해야 한다. '돌아온 단테'는
천국의 위치를 뒤집어놓는다. 천국은 올라선 도달점이 아니라

내려갈 출발점이 된다. 단테는 애써 오른 천국 꼭대기에 머물지 않고 세상으로 내려가는 발길을 옮기면서, 떠나온 천국을 뒤돌아보면서, 어떤 생각을 했을까. 천국은 마침내 다다라서 혼자 누리는 안식처가 아니라, 지금 이곳에서 함께 나누고 함께 견디는 삶의 자리다. 구원이 죄로부터 벗어나는 일이라면, 죄 없는 곳에는 구원도 없다. 구원은 죄가 사라진 '도달점'이 아니라 죄와 함께하는 '과정'이다. 천국은 그런 구원의 과정을 지속하는 공동체의 현장이다. 천국은 우리는 우리 자신이 구원해야 한다는 삶의 방식으로 존재한다.

단테가 지옥으로 내려갔던 하강도 천국을 향한 상승의 일부였고, 천국에서 세상으로 내려온 하강도 다시 천국으로 오르는 상승으로 이어진다. 단테의 상승과 하강은 분리되지 않는다. 그렇다면 우리 시대에서 상승이란 무엇인가. 비리와 부패로 물든 경쟁에서 살아남아 올라선 그곳이 천국일까. 우리 시대에 천국은 어디에 있는가. 어떻게 함께 만들고 지켜낼 수 있는가.

연민으로 가슴 벅찬 천국

단테는 죄를 부절제, 폭력, 사기로 구분하고, 그 순서대로 지옥의 더 낮은 구역에 배치한다. 부절제보다 폭력이,

폭력보다 사기가 더 무거운 죄라는 뜻이다. 죄는 우리
모두에게 두려움의 대상이다. '나도 저러지 않을까', '저러면
안 되는데……'. 단테는 아래로 내려갈수록 점점 더
두려워지는 자신을 발견한다. 비겁한 자에게는 경멸을,
애욕의 죄인에게는 연민을, 대식가에게는 혐오를 보이지만,
더 내려간 곳에서 만나는 분노하는 자에게는 노여움을 느끼고
폭력을 휘두르는 자는 피하고 싶어 한다. 그리고 가장
밑바닥에 갇힌 사기와 교만, 배신의 죄인들에게는 날 선
비난과 저주를 퍼붓는다. 지옥의 단테는 그들의 죄를 몸으로
겪어내는 내내 두려워한다.

　　같은 죄라도 지옥의 죄와 연옥의 죄는 전혀 다르다.
지옥의 죄인은 영원히 지하에 머물지만, 연옥의 죄인은
언젠가 하늘로 오른다. 그들을 대하는 단테의 태도도 눈에
띄게 다르다. 지옥의 죄인들과는 같은 감정과 고통을
느끼거나 그들의 죄에 노여워하고 몸서리치는, '함께하기'의
특징이 두드러진다. 반면, 연옥의 죄인들은 바라보고
관찰하면서 스스로를 돌아보고 깨우치는, '거리 두기'의
태도를 강하게 드러낸다. 바로 이것이 단테가 죄를 대하는
기본 방식이다. 회복할 수 없는 죄인과는 함께 머물고, 회복할
수 있는 죄인과는 함께 나아간다.

　　지옥을 내려가는 동안 단테는 두려움 속에서도 연민을
느낀다. 하지만 그 연민은 연옥에서처럼 펼쳐내는 감정이

아니라, 말없이 가슴속에 품는 감정이다. 펼쳐내면 뭔가를 추구하지만, 품으면 함께 아플 뿐이기에 웅크리고 만다. 지옥은 내려갈수록 좁아지고 답답해진다. 조여드는 나사처럼 긴장이 팽팽해지면서, 단테의 몸과 마음은 점점 더 지쳐간다.

두려움과 심신의 피로를 납덩이처럼 달고 지옥의 밑바닥까지 내려가는 동안, 단테의 마음속에는 연민도 함께 커져간다. 사랑과 연민으로 지옥에 발을 디뎠던 예수 그리스도나 베아트리체도 림보, 지옥의 가장자리까지만 내려갔다(〈지옥〉 2곡). 지옥의 마왕 루치페로에게서 가장 먼 곳이다. 천국의 천사가 한때 단테 일행을 도우러 지옥에 내려온 적도 있었지만, 그것도 지옥 중간에 자리 잡은 디스 성문까지였다(〈지옥〉 8곡). 지옥 밑바닥까지 내려간 예는 단테가 유일하다. 게다가 단테는 지옥을 빠져나오면서 루치페로의 거대한 몸을 이용했다(〈지옥〉 34곡). 용감하다.

천국의 드넓은 하늘에 오르면서 비로소 단테는 환희에 젖는다. 그러나 그 환희를 떠받치는 것은 의외로 지옥에서 자라난 연민이다. 지옥이 연민으로 가슴 아픈 곳이라면, 천국은 연민으로 가슴 벅찬 곳이다. 천국은 선택받은 자들만의 배타적인 세상이 아니다. 누군가 그런 꿈을 꾼다면, 천국에 가더라도 반드시 실망할 것이다. 천국은 아직껏 연옥에 머물거나 영원히 지옥에 처박혀 있어야 하는 자들, 그리고 세상에서 여전한 삶을 살아가는 사람들을 향해 눈길과 손길을 보내는 이들로 분주한 곳이다. 그들의 손길과 눈길에는 인간을 이해하려는 따스한 애정과 엄정한 고뇌가 담겨 있다. 단테가 본 천국은 모든 이의 고통을 껴안고 함께 나아가는 곳이다.

'우리'라는 고립

행복은 상대적이다. 아무리 공평하고 풍요로운 공동체라 해도, 그 안에 불공평과 결핍은 존재한다. 오히려 그런 공동체일수록 그 안에서 소외된 이들의 고통은 더 크다. 반면, 불공평과 결핍이 만연한 사회에서는 고통이 넓게 퍼져 있다고 해도, 무감각하게 느껴질 수 있다.

이런 아이러니는 '우리'라는 말이 얼마나 이중적인지 보여준다. '우리'라는 말은 아주 쉽게 소속감을 부여하지만, 동시에 타자를 배제한다. 내부에서는 무조건 같아야 하고, 외부는 무조건 다르다는 이유로 밀어낸다. 둘 다 서로를 너 알거나 느끼고 싶지 않은 욕망의 표현일 수 있다. 너무 잘 알아도 너무 몰라도, 너무 같아서도 너무 달라서도, 서로에게 관심이 없다. 그렇게 형성되는 동질성과 이질성이 '우리'의 뼈와 살을 이루고, 그런 '우리'는 혼종 혐오증mixophobia에 시달린다. '우리'는 낯선 것과 섞이는 불편이 싫어서, 익숙한 사람들과 익숙한 방식을 고집한다. 화합과 연대라는 말을 쉽게 일에 올리지만, 그에 걸맞은 의식과 행동은 없다. 그렇게 만들어지는 공동체는 오히려 화합과 연대를 와해시킨다. 단테는 이런 가짜 공동체를 포근한 이불 속에서도 고통에 자꾸만 몸을 뒤척이는 병든 사람에 비유한다(〈연옥〉 6곡 149~151행).

진정한 공동체는 관계 맺기에서 자라난다. 관계는 선의 의지를 온전하게 실현하게 하고, 타자의 시선을 의식하게 한다. 본래 인간의 일은 관계 속에서 이루어진다. 관계를 끊으면서 일을 도모한다면 죄가 될 가능성이 상당히 높다. 따라서 죄의 치유와 교정은 관계의 복원으로 이루어져야 한다. 관계는 서투르고 엇나가게 맺어지더라도 기본적으로 선을 지향한다. 관계를 거부하는 태도는 '우리'라는 말이 감추는 고립의 표출일 뿐이다.

살균된 천국, 불순한 천국

천국은 혼자만의 것이 아니다. 반목과 분열, 적대와 억압으로 가득한 지옥은 천국의 출발이고, 각성과 성찰을 수행하는 연옥은 천국의 건설이다. 천국의 공동체는 고유의 실체를 보존하지도 않고 배타적으로 주장하지도 않는다.

불순물을 제거한 결과가 아니라, 이질적 계기들을 통해 그것들과 함께 살아가려는 실천의 과정이다.

올더스 헉슬리는 소설《멋진 신세계》에서 살균은 문명이라고 비틀어 말한다. 문명은 누구든 무엇이든 불편한 요소를 깨끗이 제거한다. 그러나 그렇게 만든 '살균된 천국'은 우리가 맞이하게 될 디스토피아의 미래다. 오히려 우리가 상상해야 할 천국은 오염되어 불순한 곳이다. 천국은 얼룩 하나 없는 순결한 곳이 아니라 오염 속에서 불순을 품고 공존하는 곳이다. 공동체 역시 울타리를 치는 대신 다리를 놓아 타자를 받아들이는 방식으로 유지된다. 그런 실천이 바로 우리를 구원으로 이끈다. 우리가 살아야 할 정의로운 삶이다.

성숙한 공동체는 타자의 감수성, 즉 다름을 이해하고 공감하는 능력에서 비롯된다. 타자의 감수성은 공동체를 살아 있게 한다. 타자란 '우리'와 다른 사고와 감정, 삶의 방식을 가진 존재다. 타자를 머리로만 떠올리면 환대가 쉬울 수 있으나, 존재로 낯닥뜨리면 감당하기 쉽지 않다 '우리'도 머리로는 느슨하게 느껴도 현실에서는 딱딱해진다. 우리는 스스로 타자의 자리에 서보려는 감수성, 타자에게 우리를 여는 섬세한 감수성을 삶에서 발휘해야 한다.

단테의 정화는 죄를 깨끗이 지우자는 것이 아니라, 타자를 인정하고 포용하는 과정이다. 불순과 오염은 지옥이 아니라 처음부터 천국에 속한 것들이고, 타락의 결과들이 아니라

포용의 과정들이다. 우리는 잃어버린 저 에덴으로 돌아갈 것이
아니라 지금 살고 있는 이 땅에서 새로운 에덴을 건설해야
한다. 우리는 저편의 완전한 천국으로 나아가는 존재가
아니라, 바로 지금 여기서 불완전한 천국을 살아가는 존재다.

경계 밖으로,
타자를 향해 나아가는 힘

　지옥의 현실을 견뎌내는 힘은 언젠가 천국의 공동체를
이루어낼 수 있다는 희망에서 나온다. 고통과 절망에서
피워내는 희망의 꽃은 우리에게 주어진 최후의 보루다. 그것이
단테가 천국에 오르기 위해 먼저 지옥으로 내려간
까닭이다(부록〔그림 16〕참조).
　우리는 구체적인 시간과 공간 속에서 살아가는 '삶의
존재'이기에 천국의 공동체도 관념이 아니라 현실에서
살아가야 할 곳이어야 한다. 단테는 항상 "많은 사람"을
생각하며 글을 썼다. 그가 생각한 "많은 사람"은 단순히
다수가 아니라 연대할 이들을 뜻한다. 연대의 차원에서 다수는
소수를 대신하고 대체하는 것이 아니라 소수를 앞세움으로써
형성된다. '나'가 '타자'를 들이고 '타자'로 나아가는 윤리적
과정이다. 단테의《신곡》은 그러한 타자의 감수성을 펼치는

자기 서사다. 자기 서사는 자신의 고백과 실천을 담지만,
'나'에 대한 무한 책임은 아니다. 책임을 개인에게만 떠넘기는
사회는 무한 경쟁과 고립만 낳는다. 목소리를 내지도 않고
듣지도 않으며, 서로 의지하지 않는 침묵의 사회. 우리
시대에서 가중되는 현상이다.

우리에게 구원이란 인간의 길을 걷는 것이다. 단테는
스스로를 경계 밖으로 추방했다. 그리고 경계 안에서 도사리는
대신 경계 밖으로 나아가며 글쓰기라는 새로운 실천을
수행했다. 그는 늘 혼자였지만, 그 홀로됨은 내면에 침잠하는
자기 성찰과 주변을 둘러보는 사회적 시선을 함께 담고
있었다. 그는 그렇게 자신과의 관계뿐 아니라 타자와의 관계를
통해 인간의 길을 걸었다. 타자의 감수성은 단테를 읽게
만드는 근본적인 힘이다. 그것은 타자를 향한 단테의
마음이자, 타자의 자리에 서는 단테의 실천이었다. 단테를
천국 꼭대기로 이끈 사랑은, 경계를 넘어 타자와 인간 전체를
향해 나아가려는 그의 열린 마음이었다.

글쓰기를 통한 구원의 실천

단테는 글을 쓰면서 자신을 돌아보았고 세상에 도전했다.
우리는 단테를 읽으며 스스로를 돌아보고 세상에 도전한다.

글은 밥을 짓듯 세상을 짓는다. 밥을 날마다 짓듯 글은 세상을
짓고 또다시 짓는다. 단테의 글쓰기는 스스로와 세상을 함께
구원하는, 나날이 걸어가야 하는 길이었다. 그렇게 우리도
단테의 글을 다시 읽으면서 나날의 실천을 생각한다.

"자신의 부끄러움이나
남의 그것으로 흐려진 양심은
너의 말이 힘들다 느끼리라.

그래도 일체의 거짓을 끊은 채
네가 본 모든 것을 드러내면서
가려운 곳을 긁도록 해주어라.

너의 목소리가 처음 맛에서는
쓸지라도, 소화가 될 때는, 장차
생명의 양식으로 남게 될 것이니.

너의 외침은 마치 바람처럼, 가장 높은
꼭대기에서 더욱 흔들리게 되리니,
그것이 명예의 작지 않은 증거를 이룬다."
〈〈천국〉 17곡 124~135행〉

단테가 천국에서 만난 고조부 카차귀다는 글을 쓰는
작가의 자부심과 명예를 일깨운다. 단테에게 글쓰기는 자신이
경험하고 성찰한 진실을 세상과 나누려는 윤리적 실천이었다.
그러나 그 진실은 듣는 사람마다 다르게 들릴 수 있다. 양심이
수정처럼 투명한 사람은 단테의 목소리를 기분 좋게
듣겠지만, 그렇지 않은 사람은 불편하게 느낄 것이다. 그래도
단테는 진실을 말해야 한다. 그의 목소리는 처음에는 입에
쓸지라도 곱씹어 소화를 시키면 결국 생명의 양식이 될
것이다. 진실은 영혼의 약이고, 거짓은 영혼의 독이다.

단테의 말을 불편하게 느낀다는 것은 오히려 양심이 살아
있다는 증거다. 단테 자신이 겪었던 일이다. 연옥에 오른
단테는 햇빛이 자기 몸을 부숴 만든 그림자를 보고 놀란다.
그리고 인간은 빛을 그림자로 만드는 존재이면서 그 그림자를
돌아보는 존재임을 깨닫는다. 돌아보는 것은 죄를 외면하지
않는 양심의 힘이다. 베아트리체가 연옥의 꼭대기까지 올라온
단테에게 지난 과오를 큰 소리로 고백하라며 매몰차게 꾸짖은
것도 양심을 일깨우기 위해서였다.

양심은 타자를 의식하는 감수성에서 시작된다. 우리는
타인의 마음과 생각에 완전히 공감하지 않아도, 최소한
불편함을 느끼고 눈치를 본다. 그러다 보면 타자를 안에
들이고, 타자 속의 나를 발견하게 된다. 불편을 느끼지 못하고
눈치 없이 자기만의 세상을 산 사람들은 죽어서 영원히

눈치를 보고 불편을 겪게 될지도 모른다.

카차귀다는 단테의 글이 구체적인 현실 속 사람들에게 구체적인 울림을 주어야 한다고 강조한다. 글이 높은 평가를 받을수록 반발도 거세질 테지만, 피하지 말아야 한다. 이런 대립을 반복하면서도 공동체의 분열이 아니라 연대에 기여하려면, 극단의 원심력을 구심력으로 조절해야 한다. 극단주의가 득세하면 성찰을 포기하고 이성이 마비되어 편견, 주술, 광기, 혐오, 폭력으로 물들게 된다. 원심력과 구심력의 절묘한 균형을 유지하는 일은 편견과 주술에 사로잡혀 광기의 혐오와 폭력을 휘두르는 일보다 훨씬 더 어렵다. 그러나 어려운 만큼 더 끈질기게 추구해야 한다. 그것이 작가 단테가 제시하는 인간의 품격, 글로 자신을 되돌아보고 세상을 다시 짓는 자의 품격이다.

에필로그

단테는 마침내 천국에 올랐지만 그곳에 머무르지 않았다. 가장 높은 곳에서 신의 빛을 마주한 뒤, 다시 이 불완전한 세계로 발길을 돌린다. 천국은 마지막 도착지가 아니라, 돌아오기 위해 통과해야 했던 경유지였다. 《신곡》은 지옥에서 시작해 천국으로 끝맺는 이야기지만, 그 끝은 언제나 다른 시작을 향한다. 단테의 순례는 매끈한 직선이 아니라 변화하는 나선형의 여정이다. 그래서 《신곡》에는 단 하나의 지옥도, 단 하나의 천국도 없다. 우리가 살아가는 삶의 맥락과 질문에 따라, 지옥과 천국은 매 순간 다른 모습으로 우리 앞에 나타난다.

우리는 완성된 존재가 아니다. 인간은 살아가는 동안 끊임없이 스스로를 만들어가는 존재다. 삶의 정당성은 시작이나 끝에서 주어지지 않는다. 그것은 선택과 관계, 실패와 망설임이 겹겹이 쌓여가는 과정에서 희미하게 드러난다. 우리의 불완전함은 결함이나 실패가 아니라, 우리를 기어이 다시 나아가게 이끄는 가장 인간적인 조건이다.

우리는 신에게 도달하려는 목표를 품지만, 실현할 수 없다는 사실을 이미 알고 있다. 그럼에도 우리는 멈추지 않는다. 화살이 시위를 떠나거나 과녁에 꽂히는 것은 우리 책임이 아니다. 다만 우리는 허공을 가르며 날아가는 화살의 떨림을 끝까지 견뎌야 한다. 그 떨림은 우리의 고단한 삶의 다른 이름이며, 우리의 윤리와 존엄을 지탱하는 힘이다.

단테의 신은 현실을 잊게 하는 도피처가 아니라 우리 삶에 궁극의 가치가 존재한다는 믿음의 형식이다. 그 믿음은 안락이 아니라 실천이고, 위안이라기보다 결단이다. 신비로운 경외감을 질문과 의지의 연속으로 바꾸며, 저 멀리 있는 섭리를 이 세계의 비루한 삶 속에서 살아 숨 쉬게 만든다.

단테는 우리 세상을 포기하지 않으려 천국을 보았다. 천국의 정상에 올라선 그는 죽는 자들의 땅, 불완전한 삶의 현장으로 돌아온다. "하늘과 땅이 서로 손을 잡았던 거룩한 시"를 쓰기 위해서 말이다. 그리고 그 시를 읽는 우리는 각자의 자리에서 질문을 품고 다시 길 위에 선다. 그 길 위에서, 우리는 아직도 꺼지지 않고 타오르는 희망의 불꽃을 바라본다.